Carl Friedrich Wittmann

Traditionelle Gedichte, Reden und Rollenspiele zur Hochzeit

Wittmann, Carl Friedrich: Traditionelle Gedichte, Reden und Rollenspiele zur Hochzeit
Hamburg, SEVERUS Verlag 2014

ISBN: 978-3-95801-049-9
Druck: SEVERUS Verlag, Hamburg, 2014

Der SEVERUS Verlag ist ein Imprint der Diplomica Verlag GmbH.

Bibliografische Information der Deutschen Nationalbibliothek:
Die Deutsche Nationalbibliothek verzeichnet diese Publikation in der Deutschen Nationalbibliografie; detaillierte bibliografische Daten sind im Internet über http://dnb.d-nb.de abrufbar.

TRADITIONELLE GEDICHTE,
REDEN UND ROLLENSPIELE ZUR

Hochzeit

Carl Friedrich Wittmann

Vorwort

Die Hochzeit – von jungen Mädchen bereits früh geplant und herbei gesehnt, für viele Menschen das wichtigste Fest im Leben, verbunden mit dem Beginn eines neuen Lebensabschnitts. Ein Tag also, an den es sich zu erinnern lohnt und der nicht nur von der Zeremonie der Eheschließung, sondern auch von den Feierlichkeiten mit Familien und Freunden lebt. Ganz nach der Hochzeitstradition „etwas altes und etwas neues“ besticht Wittmanns Sammlung humorvoller Beiträge zu einer gelungenen Hochzeit durch traditionsreiche und gleichzeitig zeitlose Gedichte und Sketche in moderner Ausgabe. Hier werden dem Brautpaar mit Scherz und Ernst gute Ratschläge für das Eheleben zugedacht.

Es gibt also keinen Grund mehr, die Hochzeitsfeier bloß dem reichhaltigen Buffet zu widmen: Jeder Hochzeitsgast findet hier das passende Gedicht, den witzigen Toast oder das lustige Rollenspiel, um die Gesellschaft mit Charme und Witz zu unterhalten und gleichzeitig dem Brautpaar auf ganz besondere Art und Weise zu ihrem Glück zu gratulieren.

Mit diesem Buch bestens vorbereitet auf die nächste Hochzeit bleibt uns nur noch zu wünschen: „Glück auf, du liebes Paar!“

Rebecca Reusch
SEVERUS Verlag

Inhalt

Kinder

Damen

Herren

Toaste

Zwei Personen

Drei Personen

Er ist mondsüchtig!

Kinder

Ein Zimmermannslehrling

(Im Schurzfell und im hohen Hut.)

Recht schönen Gruß! Bin ich hier recht?
Ich seh' es schon, hier wird gezecht,
Und wo man trinkt, ist etwas los,
Und wär' es eine Hochzeit bloß!
Geht, liebste schönste von den Frauen,
Ich komm' vom Bauplatz, euch zu schauen
Und bring' der Bauleut' Rat an euch;
Befolgt ihr ihn, macht er euch reich!
Seht, junge Hausfrau, habt Bedacht,
Wie Ihr den Gatten glücklich macht;
Wie Ihr ihm mögt die Stirne glätten
Und ihn durch Liebe an Euch ketten;
Ihm kochen gut sein Leibgericht,
Ihn trösten, wenn die Not einbricht,
Ihm seine Sorgen mit ertragen
Und ihm nur gute Worte sagen.
So bauet Ihr Euch selbst ein Haus,
Drin sieht es schmuck und zierlich aus;
Das Glück schaut durch die Fensterlein.
Und wird drin immer seßhaft sein! –
Ihr, junger Meister, der Ihr baut,
Bei Eurem Werk nach oben schaut!

Baut, was Ihr baut, mit Gottes Segen,
An dem doch alles ist gelegen.
Und bringt der Bau oft wenig Dank,
Bringt er Euch viel Verdruß und Zank:
Nehmt's nie mit zu der Gattin hin,
Schlagt Euch daheim es aus dem Sinn,
Teilt, was Ihr habt, mit Eurem Weib
In Liebe, denn Ihr seid ein Leib!
Dann werdet Ihr Euch bau'n ein Haus,
Drin sieht's gar lieb und freundlich aus,
Denn an der Thüre wacht das Glück,
Hält Widerwärtigkeit zurück!
Doch kommt von Storch und Compagnie
Der Reisende einst morgens früh,
So laßt den Klapperkerl ja ein,
Denn was er bringt, soll Glück erst sein!

Carl Cassau

Ein Küchenjunge

Mein Meister schickt mich her, um anzufragen,
Was sich denn eigentlich hier zugetragen;
Es ist erleuchtet, alles heut' so festlich,
Und alles duftet einen an so köstlich!
Nun ja, ich konnte es mir lebhaft denken,
Da aller Blicke sich aufs Brautpaar lenken,
Daß hier im Haus ein Hochzeitsfest stattfindet;
Deshalb sind alle Lichter angezündet!
Nur immer zu! Da habt ihr meinen Segen,
Nebst wohlgemeinten Lehren und Ratschlägen!
Bin ich auch nur ein simpler Küchenjunge,
So merkt doch auf die Worte meiner Zunge.
Wißt ihr, worauf viel ankommt in der Ehe?
Daß in der Küche reichlich es aussehe!

Ihr lacht? Doch ich bin darin wohlerfahren
Und will es kurz und gut euch offenbaren.
Not thut's, daß auf die Küche sich erstrecke
Der Frauen Sorge, daß dem Mann es schmecke:
Daß beim Kaffee, bei Suppe, Fleisch, Gemüse,
Er gerne strecke unter'n Tisch die Füße!
Die Suppe sei um Gott niemals versalzen,
Der schöne Braten mache ihn vor Freude schnalzen.
Denn hat vergnügt die Mahlzeit er genommen,
So wird das Mahl euch beiden wohl bekommen;
Niemals sehnt er sich, außerhalb zu speisen,
Wird doppelt zärtlich immer sich erweisen!
Bewahrt euch dies Rezept, es ist probatum
Und gebt als Aufschrift ihm das Hochzeitsdatum.

S. Hollaender

Ein kleiner Seemann

Potz Anker und potz Segeltuch!
Was ist hier für ein Sang?
Das klingt fürwahr, ich irre nicht,
Wie froher Hochzeitsklang.

Da sitzt ja auch der Bräutigam
Und dort die holde Braut,
Er schauet sie so zärtlich an,
Sie lächelt lieb und traut.

Voll Hoffnung stürmen sie hinaus,
Mit Lieb und Treu gepaart.
Ach lieber Gott, gieb guten Wind
Auf ihrer Lebensfahrt.

Es lenke deine Gnadenhand
Ihr schwankend' Lebensschiff,

Verschone vor der Sandbank sie,
Vor jedem Felsenriff.

Wie schlimm ist's, wenn das Schiff wird leck,
O laß es nie geschehn;
Es mög' auf ihrer Schicksalsfahrt
Stets hoch die Flagge wehn!

O zeig' dem trauten, jungen Paar,
Damit es zweifle nicht,
Den Leuchtturm aus der Ferne stets
Als gold'nes Hoffnungslicht.

Glückauf! Mit frohem Lebensmut
Glückauf! Nun weiter fahr,
Potz Anker und potz Segeltuch,
Glück auf, du liebes Paar!

(Er überreicht dem jungen Paar ein kleines, mit Blumen gefülltes Schiff, legt die Hand grüßend an die Mütze und geht ab.)

Elisabeth Sieber

Ein kleines Mädchen mit Blumen

Nun aufgeschaut, du junge Frau,
Jetzt kommt die kleine Else;
Sie kennt euch beide ganz genau,
Macht drum nicht lange Hälse
Und fragt: Wo ist die Kleine her?
Denn das zu raten ist nicht schwer.

Ich komme, wie heut' jedermann,
Schuldigst zu gratulieren;
Ein jeder sucht, so gut er's kann,
Heut schön zu debutieren
Mit fremdem Namen, falschem Schein,
Doch ich will nur klein Elschen sein.

Noch hab' mit dem Herrn Gatten hier
Ein Hühnchen ich zu rupfen,
Ich schweige nicht, mag auch dafür
Mama am Kleid mir zupfen.
Denn daß man ungern dich verliert,
Bedenkt nicht der, der dich entführt.

Und du, die du willst von uns gehn,
Wir wollen dein gedenken;
Erhör auch du der Kleinen Flehn,
Erinn'rung uns zu schenken.
Schön Frauchen und erlaubst du's mir,
Komm ich als Gast recht bald zu dir.

Und deshalb gilt auch dir allein
Hier meine duft'ge Gabe,
Ich bin ein Kind, mein Händchen klein.
Geling nur meine Habe.
So nimm denn aus des Kindes Hand
Dies Sträußchen als der Liebe Pfand.

(Sie überreicht die Blumen.)

Doch komm ich einst als Gast zu euch,
Dann lernet Nachsicht üben;
Ist dann der Garten beerenreich,
So fische ich im Trüben.
Dann, liebes Eh'paar, zürne nicht,
Wenn Elschen sich die schönsten bricht.

Henriette Köhler

Ein kleiner Bruder der Schwester

Bald werden wir nun ganz allein
Und ohne uns're Schwester sein!
Wenn du bei deinem Gatten lebst
Und an der eignen Wohlfahrt webst,
Wollst uns nicht dem Vergessen weihn,
Das bittet dich dein Brüderlein!
Jetzt wird es mir noch gar zur schwer:
Zur Silberhochzeit sag' ich mehr!

Carl Cassau

Ein erwachsenes Mädchen zur Begrüßung im neuen Heim

Zum neuen Leben Glück und Heil
Im eignen Haus, am eignen Herde,
Das wünsch' ich, und daß euch zu teil
Das Beste, was ihr wünschet, werde.

Zu Haus soll hier die Freude sein,
Stets soll die Liebe bei euch wohnen,
In eurem Herzen treu und rein
Soll immerdar der Friede thronen.

Dann seid ihr glücklich, seid ihr reich,
Die Sorge selbst könnt ihr bezwingen.
So geb' denn Gott euch allzugleich,
Daß solches Glück ihr mögt erringen!

I. Wege

Ein erwachsener Knabe einem Geistlichen

Wie schauet unser Gotteshaus
Doch heut' so sonnig, festlich aus,
Das Pfarrhaus gar ist reich geschmückt!
Wes harren sie so hochbeglückt?

Sie harren des geliebten Herrn,
Der ihnen kurze Zeit war fern,
Nun doppelt soll willkommen sein,
Führt er die neue Herrin ein.

Und die so oft am heil'gen Ort
Gelauscht auf sein ermahnend Wort,
Und sich gar herzlich dran erbaut,
Sie grüßen froh und rufen laut:

Hab Dank für jedes gute Wort!
Mag Gottes Segen fort und fort
Auf deinem Denken, deinem Thun,
Auf dir und deinen Lieben ruhn!

I. Wege

Damen

Ein junges Mädchen als Amor

(In weißer Tunik mit Goldgürtel, rosa Strümpfen, Sandalen, blondem Lockenkopf, mit Goldreif, Flügel, Köcher, Pfeil und Bogen und einer Guirlande aus Rosen und Myrten.)

Amor aus dem Götterlande,
Amor schelmisch man mich nannte.
Amor, der Herzen verstehende,
Amor, der Augen verdrehende,
Amor, der Liebe spendende,
Amor, der Pfeile sendende!
Bringe allen Erdenherzen
Liebesluft und Liebesschmerzen,
Süßes Lächeln, Seufzer, Thränen,
Scherz und Küsse, Hoffen, Sehnen.
Scharf sind meine Liebespfeile;
Schneller als mit Windeseile
Bohren sie voll Glück und Schmerzen
Sich in alle Menschenherzen.
Tief sie sitzen und geborgen,
Bringen süße Lust und Sorgen;
Heiß die Wangen dann erglühen,
Seufzer haucht man, Blicke sprühen

Nach dem Einz'gen, nach der Süßen!
Jauchzend stürzt man sich zu Füßen,
Hält mit stürmischem Verlangen
Liebeglühend sich umfangen.
Und ich stehe still zur Seite,
Freue mich, daß alle beide
Endlich sich zusammenfanden,
Treu in Glück und Liebesbanden.
Lebe schon viel hundert Jährchen,
Immer find' ich neue Pärchen.
Eine Quelle hat mein Köcher,
Nie versiegt mein Liebesbecher.

(Sie zeigt auf das junge Paar.)

Seht mein neu'stes Paar dort sitzen,
Seht, wie beider Augen blitzen,
Fühlt, wie ihre Pulse schlagen,
Hört, wie sie sich leise sagen:
„Du mein Glück, mein Stern, mein Leben,
Dem ich ewig mich ergeben.
Amor, Amor, sei gepriesen,
Der uns seine Huld erwiesen,
Der uns treu zusammenführte,
Unsre beiden Herzen schürte
Zu dem großen Liebesfeuer.
Stets bleibt er uns wert und teuer."

(Sie nimmt die Guirlande aus Rosen und Myrten, mit der sie geschmückt ist und umwindet damit das junge Paar.)

Trautes Paar, nimm hier zum Danke
Diese duft'ge Liebesranke.
Immer mög sie dich umwinden,
Rosenrot dir Liebe künden,
Myrtengrün, voll Hoffnungshelle
Leuchten deiner Schicksalswelle.
Lebe wohl, muß weiter eilen,
Hab' mit meinen Liebespfeilen

Viele Herzen zu versehen.
Über Thäler, über Höhen,
Über Wälder, über Hügel
Schwing' ich meine duft'gen Flügel.
Kehre ein bei Reichen, Armen,
Helfe trösten und erwarmen,
Lindre Kummer, banne Schmerzen,
Bringe Glück den Menschenherzen.

(Sie eilt ab.)

Elisabeth Sieber

Ein junges Mädchen als Schmetterling

(Einen großen Schmetterling im lockigen Haar, kurzes weiß- oder rosafarbenes, duftiges Kleid mit Flügeln, kommt hereingeflattert, eilt auf die junge Frau zu und giebt derselben einen zärtlichen Kuß; dann wendet sie sich lächelnd zu dem Gatten.)

Herr Kollege, nicht gegrollt,
Daß ich diese Blume hold,
Die an deiner Seite sprießt,
Herzlich habe abgeküßt.
Eifersucht ist nicht am Platz,
Nie begehr' ich deinen Schatz,
Nie im Ernste ich es mein,
Kose mit dem Sonnenschein,
Flattere mit leichtem Sinn
Stets von Blum' zu Blume hin.
Kennst es wohl, das luft'ge Ding?
Kennst mich, losen Schmetterling?

(Zornig zum Ehemann.)

Wie? Du willst verleugnen mich?
Herr Kollege, hüte dich!

Warst du nicht zu jeder Zeit
Mit zu kosen stets bereit!

(Zur jungen Frau.)

Höre, holde Frau, mich an,
Schlimm steht's mit dem künft'gen Mann!
Vielen armen Blümelein
Bracht' er Qual und Liebespein;
Seufzten unter seiner Macht,
Senkten ihre Köpfchen sacht,
Wenn er, ohne Rast und Ruh',
Fortgeflattert war im Nu.

(Mit triumphierendem Blick auf den Ehemann.)

Dieses Mal kommt er nicht los,
Halt ihn fest, du schöne Ros';
Binde deinen Ehemann
Stets mit Blumenketten an;
Lächle ihm entgegen hold,
Schmetterling liebt Sonnengold;
Grauen Nebeln er entflieht,
Habe stets ein licht Gemüt;
Halte treu ihn, fest und ganz
Mit der Liebe Sonnenglanz.

(Zum Ehemann.)

Neuvermählter Ehemann,
Höre meine Lehren an;
Bleibe deiner Rose gut,
Halte sie in treuer Hut,
Daß sie blühe immerdar
Farbenprächtig Jahr für Jahr,
Daß sich alle herzlich freu'n
An der Rose schön' Gedeih'n!

(Zu beiden.)

Flattern will ich nun, ade!
Flattern über Wald und See,

Hab' noch Wichtiges zu thun,
Darf nicht eine Stunde ruhn:
Fliegen will ich, wie der Wind
In mein Blumenreich geschwind.
Und wenn fünfundzwanzig Jahr
Sind verflossen, liebes Paar,
Kehre ich zu dir zurück,
Um zu fragen, ob das Glück,
Das jetzt aus dem Aug' dir lacht,
Hat bewähret seine Macht!
Nun ade! Von diesem Ort
Flattern will ich lustig fort,
Fliegen – heisa, wie der Wind –
In mein Blumenreich geschwind!

(Sie übergiebt ein Geschenk und flattert, rechts und links Kußhändchen werfend, flink zur Thür hinaus.)

Elisabeth Sieber

Abnahme des Kranzes, Übergabe der Haube und des Pantoffels

Bei einem Feste, wie wir's heut' begehn,
Wo zweie sich für alle Zeit verbinden,
An ihres eignen Herdes Schwelle stehn,
Voll Zuversicht des Lebens Glück zu finden,
Da hat die Freundschaft manche gute Pflicht
Nach altem Brauch dem Paare abzutragen,
Gar manches Wörtlein, geisterfüllt und schlicht,
Bald heitren und bald ernsten Tons zu fragen.
Was ich begehre, ist wohl ernster Art,
Und mich erfüllt's mit innerem Bewegen,
Noch keiner Braut war dieser Akt erspart;
Drum laß ein kurzes Wort ans Herz dir legen:

Mit dieser Stunde endest du den Lauf,
Den du als Kind und Jungfrau hast durchflogen,
Ein neuer Stand des Lebens nimmt dich auf,
Du bist ins Reich der Frauen eingezogen
Und jeden Lebensstand symbolisiert
Von altersher ein sinnig deutend Zeichen:
Bis jetzt hat dich der Myrtenkranz geziert,
Doch nun muß er von deinem Haupte weichen.
Verzeih', wenn nach der Sitte strengem Wort
Ich dieses Schmucks dein bräutlich Haar beraube,
An dieser Stelle throne fort und fort
Ein neu Symbol der deutschen Frau: „Die Haube"!
Und nun, ihr Lieben, läßt mir's keine Ruh',
An euch noch eine kleine Pflicht zu üben:
Es kommt das Hausrecht zwar dem Manne zu,
So steht es ja in dem Gesetz geschrieben,
Und heute habt ihr selber erst gehört:
„Das Weib sei unterthänig stets dem Mann!"
Doch in der Welt geht alles jetzt verkehrt,
Drum nimm, o Braut, von mir ein Kleinod an.
Hier dieses Scepter schwinge deine Hand,
Wenn du in deinem eignen Haus regierest;
Doch führe es mit Milde und Verstand,
Daß du den Mann nicht gar tyrannisierest.
Der strengen Ordnung muß der Mann sich fügen,
Ein wenig Zucht empfehle ich sogar,
Doch als Pantoffelheld zu unterliegen
Davor den Mann der liebe Gott bewahr!

(Sie überreicht einen Pantoffel.)

Robert Hertwig

Die Gustel von Blasewitz

(Im Kostüm einer Marketenderin bei Überreichung einer Türkenmütze an den jungen Ehemann.)

Ich grüß' euch, meine Damen und Herrn!
Es war eine Schande, blieb' ich heut' fern!
Ich bin – ich bin – ei was, Potz Blitz!
Ich bin die Gustel von *(Knix)* Blasewitz!

Ich bin in Kriegen viel 'rumgekommen,
Das hat von mir schon der Schiller vernommen,
Drum hat er den Wallenstein geschrieben:
Das wäre ohne mich ganz unterblieben!

Er war ein lieber, ein guter Herr,
Den ich noch heute im Denkmal verehr'!
Er kam von Loschwitz herübergefahren
Und thät' an den Mahlzeiten nie etwas sparen!

Denn Butterbröte in meinem Garten
Auf viele hungrige Mägen warten,
Und Käse und Würste und Braten und Schinken
Und Wein und Bier, Schokolade zum Trinken.

Herr Schiller, der liebte die Schokolade,
Herr Körner hingegen die Limonade,
Und alle die andern gelehrten Herrn,
Die hatten jeder was anderes gern!

Das wußte ich alles, dafür, potz Blitz!
Bin ich ja die Gustel von *(Knix)* Blasewitz!
Es brachte mir auch *(sie klopft auf die Geldtasche)* was Erkleckliches ein,
Doch – langt es immer noch nicht zum Frei'n!

Sie kennen doch alle den Mußjö,
Den langen Peter aus Itzehö?
Der da zu Glückstadt in einer Nacht
Seines Vaters Goldfüchse durchgebracht?

Der läuft mir immer noch schrecklich nach!
Und ich – ich gesteh' es – ebenso, ach!
Der Peter ist meine schwache Seite!
Vielleicht ist bei uns nun auch bald Freite!

Ich muß mir erst nur noch 'was ersparen,
Denn der Peter, der kann kein Geld bewahren!
Auch kann er im Kriege wohl schlagen und stechen,
Doch im Frieden nicht 'mal von Schillern sprechen.

Na, sonst ist er von Herzen nicht hart,
Er hat gegen mich 'ne manierliche Art!
Hat mir sogar aus jeder Schlacht
Ein zierlich Gedenken mitgebracht!

So zog er einst mit Sobieskis Scharen
Vor Wien und vertrieb die Janitscharen;
Dabei hat er einen Pascha erschlagen

(sie zieht die Tüllenmütze herum und hält sie in die Höhe)

Und das als Trophäe davongetragen!

Er sagte: „Gustel, du mein Schatz,
Wenn ich einmal als Wirt den Platz
An deiner Seite hab', dann sitze
Mir wunderschön die Türkenmütze!"

Doch ich, ich dachte mir: „Ei was,
Die Türkenmütze, das fehlte, das!
Der Peter die Türkenmütze aufsetzen,
Anstatt die Gäste mit Flinkheit ergötzen?"

Auch soll er mir nicht den Hausherrn spielen,
Denn das weißt du, mein Peter, mit vielen,
Daß du zu Glückstadt in einer Nacht
Deines Vaters Goldfüchse durchgebracht!

Und weil er nun bald zum Freien wird kommen,
Hab' ich die Mütze jetzt mitgenommen:

Denn Ihnen, *(sie setzt dem jungen Ehemann die Türkenmütze auf)*
Herr Ehemann, wird sie nicht schaden:
Dem Frauchen da ist zum Pantoffel zu raten!

Sie können im Feze so lang paradieren,
Bis mein Peter gelernt hat das Parieren!
Dann bitt' ich sie mir aber wieder aus,
Denn sonsten erzürnt sich mein altes Haus!

Bis dahin kommen Sie alle Tage
Und speisen bei mir, was ich auftrage,
Es ist alles gut, dafür: potz Blitz!
Bin ich ja die Gustel von Blasewitz.

Anna Dietrich

Eine Küchenfee

(Im einfachen Rock, Bluse, einer großen weißen Schürze, auf dem Kopf irgend ein Kochgefäß aus Pappe oder Blech, in der Hand Serviette und langen Besen. Das Kostüm kann mit kleinen Küchengerätschaften, Kannen, Töpfchen, Tellern, Tassen, wie man sie als Kinderspielzeug in Blech, Thon und Holz hat, verziert und benäht sein und die Vortragende kann der jungen Frau zum Schluß ein Kochbuch überreichen.)

Grüß alle Gott! Grüß Gott! Juchhe!!!

(Sie kommt lebhaft herbei und knixt.)

Ihr kennt mich wohl? Die Küchenfee!

(Sie dreht sich lustig auf dem Absatz herum und schwenkt die Serviette.)

Seht, ich laß' meine Fahne wehn,
Ich möcht' vor Freuden schier vergehn.
Möcht' küssen dich, lieb' Frauchen, du,
Das meinem Reich sich wendet zu,
Das morgen fröhlich schon beginnt,
Geschäftiglich in Schrein und Spind,

In Küch' und Keller, Hof und Haus,
Zu putzen, fegen ein und aus.
Zu kochen, backen voller Lust,
Zu braten Rinds- und Kälberbrust,
Zu schlagen Schaum aus Sahn' und Ei,
Zu schichten alles nach der Reih',
Zu legen in Blechbüchselein
Die süßesten der Früchte ein.
Was giebt's nicht alles da zu thun,
Man darf kein Stündlein müßig ruhn,
Will man in Ordnung, sauber blank
Stets halten Stub' und Küchenschrank.
Und ist's mit Kochen dann vorbei,
Da geht's an Strick- und Näherei.
Viel Arbeit hat die Frau im Haus,
Ich sage frei es dir heraus.
Doch laß dich's nicht, du liebes Weib,
Verdrießen, das sei fern, beileib!
Es ist ganz hübsch, Hausmütterlein
Am eignen, lieben Herd zu sein.
Drum frisch ans Werk, gieb nur fein acht,
Sei voller Umsicht und Bedacht,
Du brauchst zu einer guten Eh',
Befolg' den Rat der Küchenfee,
Nur Milde, Sparsamkeit und Lust,
Zufriedenheit stets in der Brust,
Dann wirst du an des Mannes Seit',
Dem du gehörst für alle Zeit,
Der deinem Herzen lieb und wert,
Den Himmel finden auf der Erd'.
Und geht dir etwas in die Quer,
Nimm flinker Hand das Kochbuch her,
Studiere fleißig d'rin; ich mein',
Dein Männchen wird verständig sein.

Nicht brummen, wenn dir was geschieht,
Ich glaub', er hat ein gut' Gemüt. –
Jetzt muß ich aber gehn, ade!
Gedenkt in Lieb' der Küchenfee!
Ich geb dir, Frauchen, nun zum Schluß
Den herzlichsten Willlommenkuß.

(Sie thut es.)

Haus, Hof und Küche harren dein,
Kehr frohgemut bei ihnen ein,
Und bleib' die ganze Lebenszeit
Stets treu der lieben Häuslichkeit!

(Sie überreicht das Kochbuch oder irgend ein anderes passendes Geschenk, knixt und eilt ab.)

Elisabeth Sieber

Eine Nixe

Ihr kennt mich nicht in festlich froher Runde,
Denn Menschenwohnung nie betrat mein Fuß;
Doch nah' ich heut' zu freudenreicher Stunde,
Der jungen Frau zu bringen meinen Gruß.

Sahst du die Wesen, die im Abendscheine
Entsteigen leis dem tiefen Wellenschoß,
Und spielend über duftdurchwehtem Haine
Den Reigen schlingen frei und fessellos?

Sahst du's nicht oft wie weiße Schleier weben
Im Nebelglanze über'n wald'gen Thal?
Sahst du uns nicht um deine Fenster schweben,
Im lust'gen Tanze, hell im Mondenstrahl?

Undinen sind wir, leichte Feenkinder,
Die gleich den Blumen blühen und vergehn;

Doch holde Braut, wir mögen drum nicht minder
Der Menschen Lieb' und ihre Lust verstehn.

Nah deinem Haus im grünen Wiesengrunde,
Wenn rings die Welt im Abendfrieden ruht,
Und alle Blumen schlafen in der Runde,
Entstieg ich oft der mondbeglänzten Flut.

Dich liebt ich längst; ich sah dich fröhlich springen,
Ein glücklich Kind, auf grünem Wiesenplan;
Doch Jahre kamen wechselnd und vergingen,
Zur Jungfrau wuchs seitdem das Kind heran.

Dann sah ich einst, wie still und traumbefangen
Hinaus du blicktest in die Sommernacht,
Als hättest du mit sehnendem Verlangen
An einen Fernen liebevoll gedacht.

Und als die Lenzessonne dann, die warme,
Aufs neue weckte ihre Blumen bunt,
Da sah ich selig dich an seinem Arme
Hinwandeln durch den grünen Wiesengrund.

Ihr hörtet über euch die Wipfel rauschen,
An stiller Flut sah ich euch träumend stehn;
Dann mußtet heimlich meinem Lied ihr lauschen,
Das euch umklang mit leisem Zauberwehn.

Heut' seh ich dich, den Myrtenkranz im Haare,
Als junge Frau im weißen Festgewand,
Heut' reichtest tiefbeglückt am Traualtare
Du dem geliebten Manne deine Hand.

Nun grüß' ich dich mit meinem Nixensegen,
Der dich umfängt mit unsichtbarer Macht;
Doch denk auch du auf deinen sonn'gen Wegen
Zurück an mich, das bleiche Kind der Nacht!

Ada Linden

Eine Tirolerin mit einem Teppich

Da heute doch hier soll ein Hochzeitsfest sein,
So stelle auch ich mich zur rechten Zeit ein.
Nun bin ich gar müde, ihr gönnt mir doch Rast?
Die Fahrt mit dem Dampfroß ging etwas in Hast.
Kam ich doch direkt aus dem Lande Tirol,
Es liegt noch nicht ganz an der Grenze vom Pol.
Dort wachsen die Berge zum Himmel hinan,
So hoch, daß man kaum noch ersteigen sie kann.
Es locket das Alphorn von grünender Alm,
Im Thale da reifet die Ähre am Halm;
Und hoch in den Bergen giebt's fleißige Leut',
Sie knöppeln und weben und wirken zur Zeit,
Die wollen verdienen, drum schickt man mich aus,
Viel Teppiche trag' ich zum Ländel hinaus.
Den schönsten von allen, den bring' ich euch hier,
Im neuen Heim dien' er zum Schutz und zur Zier.
So frisch wie die Farben bleib' stets euer Glück,
Staub bleibe vom Glück und vom Teppich zurück.
Er wärmet den Grund euch vom freundlichen Heim,
So warm halte Liebe, des Eheglücks Keim,
Und pflanzt ihr im Garten euch Blumen und Kohl,
Laßt's wachsen und reist derzeit schnell nach Tirol.
Als Bräutchen heißt's sittig: ich mach' mir nichts draus
Als Weibchen fliegt gern sie zum Hause hinaus,
Und während der Mann dann studiert, memoriert,
Hat sich wohl sein Weibchen gar gut amüsiert.
Ja, glaubt mir, die Welt ist gar groß und gar schön,
Man lernt das beim Reisen zu zweien verstehn.
Und hört ihr nicht mehr des Dampfrosses Gebraus,
Und kehrt ihr zurück dann ins eigene Haus,

O glaubt mir, ihr leset's im strahlenden Blick,
Neu scheint euer Haus euch und neu euer Glück.
Der Kohl ist gewachsen, nun siedet ihn frisch.
Gesegnete Mahlzeit am eigenen Tisch!

(Sie überreicht einen Teppich und geht hinaus.)

Henriette Köhler

Ein Landmädchen mit Früchten

Guten Abend, schöne Damen,
Die geschmückt zum Feste kamen!
Guten Abend auch, ihr Herrn!
Bin ein einfach Kind vom Lande,
Seht's an Sitten, am Gewande,
Einen Gruß doch brächt' ich gern.

Stand in meines Vaters Garten,
Meinen Liebsten zu erwarten,
Der gegangen über Land;
Sah euch da vorüberfahren,
Kranz und Blumen in den Haaren,
Reich geschmückt im Festgewand.

Als ich fragt', was das bedeute,
Sagten mir wohl alle Leute,
Heute eure Hochzeit sei.
Hörte hell Musik erklingen,
Hörte frohe Lieder singen,
Gerne wär' ich auch dabei.

Aber nicht mit leeren Händen
Wollt' ich kommen; euch zu spenden
Diese Früchte bin ich hier.

Bitt' euch, wollt' mich nicht beschämen,
Müßte doch mich wirklich grämen,
Nähmt ihr sie nicht gern von mir.

Aus dem dunklen Rebenlaube
Winkt die saftgeschwellte Traube,
Schnitt vorhin sie selber ab;
Stand davor so in Gedanken,
Als ich sah die Reben ranken
Liebend um den festen Stab.

Junge Frau, ich dachte eben,
Gleichen magst auch du den Reben,
Sieh, ein treues Herz ist dein.
Halt es fest, es wird dich schützen,
Will dich stark und liebend stützen
Stets in Sturm und Sonnenschein.

Ada Linden

Eine junge Dame als Genius der Liebe

(Den Blick wie zu den Genieen nach oben gewandt.)

O wähntet ihr, ich könnte heute fehlen,
Heut' ferne sein von diesem frohen Ort?
Nicht segnen sollt ich einen Bund der Seelen,
Der sich geschlossen auf mein bittend Wort?
Nein, traute Schwestern, nicht will ich euch schmälen,
Doch kennt ihr schlecht der Menschen höchsten Hort:
Ob jeden Leibs kann er sich trösten, fassen,
Doch von der Liebe kann er nimmer lassen!

(Zum jungen Paare gewandt.)

Denn wie, wenn an dem hochgewölbten Bogen
Des Himmels prangt der Sterne stolze Pracht,

Die märchenhaft mit ihrem Glanz durchwogen
Die sanft durchwehte laue Frühlingsnacht:
Auf einmal Glanz und Schimmer sind verflogen,
Wenn sich's im Osten hellet dämmerhaft,
Und zauberisch mit seinem Silberscheine
Der Mond am weiten Himmel thront alleine –

Wie wenn im Lenz mit ihrem Lied durchdringen
Der muntern Sänger Scharen Hain und Wald,
Daß Berg und Thal im Echo wiederklingen
Von tausendstimm'gen Chören laut durchschallt:
Auf einmal rings verstummt das frohe Singen,
Das muntre Zwitschern rings umher verhallt,
Wenn in dem Busch ertönt mit süßem Schall
Das sehnsuchtsvolle Lied der Nachtigall –

Wie wenn beim ersten lauen Lenzeswehen
Mit schimmerndem Gewand Natur sich schmückt,
Daß unser Äug' im Thal und auf den Höhen
Ein einzig wogend Blütenmeer erblickt,
Auf einmal, durch ein wunderbar Geschehen,
Der duft'ge Schimmer scheinet weit entrückt,
Wenn von der Morgensonne Gold umflossen
Der Zauberkelch der Rose sich erschlossen –

So blühen auch im jungen Menschenleben
Der Blumen viel, es leuchtet mancher Stern,
Und Waldessänger ohne Zahl umschweben
Des jungen Menschen Haupt, er hört sie gern;
Auf einmal überkommt ihn süßes Beben,
Gesang und Glanz und Duft, sie sind ihm fern;
Was einst ihn freute, ist in Nichts zerflogen,
Im Herzen ist die Liebe eingezogen!

Und ihr, die ihr in Jugendlenzestagen
Auf ewig euch der Liebe habt geweiht,
Euch soll der Liebe mächt'ger Fittig tragen
In das gelobte Land der Seligkeit!

Ihr glaubtet mir, ich lohne euer Wagen,
Auf ewig folg ich euch durch Lust und Leid,
Und wohnt ihr unter noch so fernen Zeichen,
Die Liebe wird, sie kann nicht von euch weichen!

Wolfgang Alexander Meyer

Die drei Kronen einer Künstlerin[1]

(Haubengedicht)

Einst schritt ich im dämmernden Waldeshain,
Da küßte mir Zephyr die Augenlider,
Der Blumenduft schläferte bald mich ein,
Ich legte zu sanftem Schlummer mich nieder.
Da stand als Traumgebild vor meinem Blick
Dein Lebensweg voll Ruhm, voll Lieb' und Glück.

Es wallte und wogte den Wald entlang,
Wie Nebelgestalten im Feeenreigen,
Und ringsum erhob sich ein süßer Sang,
Ich sah die Feeen vor dir sich neigen.
Drei Kronen, so prächtig und sternenklar,
Drei Kronen reichten die Feeen dir dar.

Und näher kam der Elfen lichter Kreis,
Sie schwangen den Zauberstab in den Händen,
Sie flüsterten manch' Zaubersprüchlein leis,
Sie hatten eine Botschaft zu vollenden.
Sie lächelten gar wonnesüß dich an –
Da Plötzlich schwand der holde Zauberbann.

Voll Lust und Freude war mein Herz erfüllt,
Und ringsum alles zauberglänzend lachte,
Zur Wahrheit ward mein holdes Traumgebild,
Als ich im Waldeshaine dann erwachte.

---

1 Zur Vermählungsfeier von Mary Krebs gedichtet.

Es schmückt die heil'ge Muse dich zum Lohn
Für deine Kunst mit gold'ner Lorbeerkron'.

Die zweite Krone, die die Fee dir wand
Und niederreichte von dem Zauberthrone,
Weil dich gefesselt hält der Liebe Band,
Der Hoffnung treu Symbol: die Myrtenkrone.
Du lächelst in dem Schmuck so lieb und traut,
Gott schütze immer dich, du hohe Braut.

(Sie tritt näher und enthüllt das Häubchen.)

Nun komm, verborg'nes Kleinod, komm' hervor,
Der Frauenwürde Bild in meinen Händen,
O führ' die junge Frau zum Glück empor,
Nie mög' ihr holder Sinn sich von dir wenden!

(Sie übergiebt der jungen Frau das Häubchen.)

Die dritte Krone sei dir jetzt geweiht,
Bleib' treu der Krone deutscher Häuslichkeit!

Elisabeth Sieber

Eine Freundin dem neuvermählten Paar

Ein Lied möcht' ich dem festlich hohen Tage,
Dem Anbeginne neuen Glückes weihn,
Doch giebt's nur einen schwachen Widerschein
Des Wunsches, den ich in der Seele trage.

Ein matter, leerer Klang nur wird es sein,
Ob ich's in tausend stolzen Versen sage,
Bricht's nicht hervor wie Rosen an dem Hage,
Wie klarer Quell aus hartem Felsgestein.

Kann ja ein inniges Gebet nur bringen –
O sei der Himmel gnädig ihm geneiget!
In wenig kurzen Worten sprech' ich's aus.

Als meines Liedes Schlußaccord soll's klingen,
Wie's tief aus treuem Freundesherzen steiget:
„Gott segne euch und segne euer Haus!"

I. Wege

Eine Genossin an die junge Frau

Du liebliche Frau, nun verläßt du das Haus,
In dem du von Liebe umgeben;
Du ziehst an der Hand des Erwählten hinaus
Und beginnst nun ein neues Leben.
Im Frühling des Lebens, im Lenz der Natur
Blüht der Liebe Lenz dir entgegen,
O möchten doch Blumen der Liebe dir nur
Erblühen auf sonnigen Wegen!

Und waltest du emsig am eigenen Herd,
Zur innigen Freude des Gatten,
Dann fühlt er, sein Leben hat wirklichen Wert,
Dann wird auch sein Arm nicht ermatten.
Und wenn auch der Sturm dich des Lebens umringt,
O laß es den Frohsinn nicht dämpfen;
So lang dich noch liebend der Gatte umschlingt,
Wird er für sein Kleinod auch kämpfen!

Nur mutig! – Und ist auch die Sonne verhüllt,
Die düstersten Wolken verwehen,
Denn wenn nur Vertrauen die Herzen erfüllt,
So wird euer Glück auch bestehen. –
Und blickt ihr am goldenen Hochzeitstag
Zurück auf des Lebens Getriebe,
Dann sagt euch des Herzens treuinniger Schlag:
Uns blieb doch das Schönste: die Liebe!

Frida von Kronoff

Ein Mädchen als Schneeglöckchen

Durch des Winters weiße Decke
Schau' ich in die weite Welt,
Lächle freundlich nach dem blauen,
Sonnenhellen Himmelszelt.

Glaube nicht, du holdes Pärchen,
Daß der Lenz nur Blumen beut,
Auch der Winter seine Blüten
Auf die kühle Erde streut.

So auch lächelt euch entgegen
Ungetrübtes Liebesglück
Aus des Schicksals düstrer Hülle,
Aus verschleiertem Geschick.

Und wie meine weißen Glöckchen
Lenzgedanken, Frühlingslust
In die Menschenherzen läuten,
Also auch in eure Brust.

Bald verklären sich die Klänge
In der Hochzeitsglocken Ton,
Läutet doch mein schneeig Glöckchen
Grüßend eurer Liebe schon.

Nehmt die kleine Hochzeitsgabe
Mit dem Wunsch nach stetem Glück,
Und gedenkt an mich zuweilen,
An Schneeglöckchen gern zurück.

(Sie überreicht ein mit Schneeglöckchen verziertes Geschenk.)

Georg Irrgang

Schleiergedicht

Der Schleier ist die holde Weiblichkeit,
Die schämig hüllt, wie Blütenstaub die Blume;
Und prangte sie an dir in stiller Mädchenzeit,
So werde jetzt sie dir zum lauten Frauenruhme!
Kein Schmuck gleicht ihr an echtem wahren Wert,
Kein Schutz ist treuer in den schwersten Stunden,
Kein Lohn ist süßer und auch keiner mehr begehrt,
Das glaube mir, von dem, der dich herausgefunden.
So halte fest ihn, halt' ihn unversehrt,
Den Schleier, der dich hochzeitlich umwehet:
Der Güter köstlichstes werd' dir in ihm bescheert,
Halt fest und sei beglückt, für dich mein Herz erflehet.

Elimar Striebeck

Haubenverslein

Traute Genossin!
Jene Kappe, die vor Zeiten
Man dem Falken aufgefetzt,
Daß sich seine Wildheit lege
Und er werde zahm zuletzt,
Jene Kappe, die geheißen
Man von jeher eine „Haube“,
Mahnt symbolisch an das Mützchen
Uns'rer Hausfrau'n, wie ich glaube.
Zwar hat man von Aarons Binden[2]
Her die Hauben wollen leiten;
Aber giebt es eine Meinung,
Die Gelehrte nicht bestreiten?
Besser darum, wir verharren
Bei dem Bilde, das soeben

2 2. Buch Moses, Kap. 28, V. 40

Unsrem Hymnus auf die Haube
Seinen Ursprung hat gegeben.
Zeigt sich diesem Schmuck der Frauen
Doch der gleiche Zweck erteilet,
Als der Kappe jenes Vogels,
Worauf unser Blick verweilet!
Will die Haube, eine Mahn'rin,
Häuslich still am Herd zu walten,
Nicht des Weibchens schweifend' Denken
Auch im Bann gefangen halten? –
Trachtet sie nicht, jenen ros'gen
Träumen das Entstehn zu wehren,
Die, ein Trug der Flitterwochen,
Frühe sich in nichts verkehren? –
Predigt sie nicht, daß weit höher
Als des Mädchens Phantasieren
Gilt der Frau erprobtes Handeln
Und berechnend' Wirtschaftführen? –
Ja, das alles birgt an Weisheit
In sich diese kleine Hülle,
Und dazu von and'ren Winken
Weiter eine ganze Fülle.
Deshalb ist es auch am Platze,
Daß solch Käpplein steh' in Ehren;
Vielen, die es heiß verlangen,
Will es Hymen nie bescheeren.
Und so trage denn mit Stolze,
Statt der Myrte dunklem Reise,
Auf dem Haar, o Angetraute,
Dieses Linnens reine Weiße!
Unentbehrlich, wie das Tüpferl
Ist dem i, erschein' genau
Dir von jetzt ab dieses Häublein.
Lebe hoch, du junge Frau!

Emil Uhlmann-Elß

Herren

Ein Musiker einem Musiker.[3]

Freund, zu deiner Hochzeitsfeier
Stellen wir auch froh uns ein;
Greifen mutig in die Leier,
Unsre Wünsche dir zu weihn.
Wandle froh mit deinem Weibchen
Durch die rauhe Lebensbahn
Und hör' jetzt zum Zeitvertreibchen
Unsre Eh'stands Lehren an.

Jungen Eh'stands Kandidaten,
Wenn sie schließen einen Bund,
Kann ein guter Rat nicht schaden,
Wenn er kommt von Freundes Mund.
Alles kommt in unserm Leben
Auf das rechte Tempo an;
In der Ehe muß es geben
Stets mit Vorsicht nur der Mann.

In den ersten Flittertagen
Kann das Tempo presto sein,
Und es hat noch nichts zu sagen,
Fällt's in piu stretto ein.

---

[3] Zur Vermählungsfeier Albert Lortzings (30. Jan 1823) gedichtet.

In sechsachteltakt durchfliegen
Magst du rasch die Rosenzeit;
Doch giebt's erst etwas zu wiegen,
Wechsels Tempo fein gescheit.

Statt des wilden poco presto
Wähl zu deiner Arbeit dir
Jetzt allegro ma non troppo,
Das ist besser, glaub' es mir.
Statt sechsachtel nimm vierviertel
Dir zum Takt im zweiten Jahr,
Sonst wölbt sich des Weibchens
Gürtel Leicht zum zweiten Exemplar.

In dem dritten Eh'standsjährchen
Bleibt der Segen wohl nicht aus,
Und es schreit dann schon ein Pärchen
Dir die Ohren voll im Haus.
Allegretto moderato
Schreib dir jetzt zum Tempo vor,
Denn sonst schreit wohl unisono
Bald ein ganzer Kinderchor.

Brauchst darum das Komponieren
Gänzlich nicht zu stellen ein,
Sollst mit Vorsicht nur pausieren,
Das wird gar nicht übel sein.
Ein zu starker Chor von Kindern
Hält die Stimmung selten rein,
Drum mußt du das Tempo mindern,
Lenken ins Andante ein.

Dieses Tempo ist das Beste,
Nicht zu langsam noch geschwind,
Und es fördert dir zu Neste,
Wohl noch manches Musenkind,

Dabei kannst du komponieren
Wohl noch zwanzig Jahre, Schatz!
Mußt nur manchmal retardieren,
Das giebt Reiz dem neuen Satz.

Hüte dich vor furioso,
Dieses Tempo ist nichts wert,
Denn ihm folgt oft lamentoso,
Wie Erfahrung es uns lehrt.
Nur scherzando sei dein Tempo
Wenn du mit der Frau scharmierst.
Agitato amoroso,
Wenn staccato du varierst.

Mit den lieben fünfz'ger Jahren,
Stellt adagio sich ein,
Und dann kann's, du wirst's erfahren,
Risoluto nicht mehr sein.
Maestoso drauf in einem Nu,
und es geht diminuendo
Immer mehr dem Grabe zu.

Drum greif ja das Tempo feste,
Aber übereil' es nie;
Glaube uns, das ist das Beste
In der Eh'stands-Sinfonie.
Nur so handelt stets der Kluge,
Ahm' ihm nach, es hilft dir List,
Und du machst noch eine Fuge,
Wenn du auch schon sechzig bist.

Heinrich Geißler

Ein Humorist

Wenn ich bei dem Fest, das wir heute genießen,
Die Zunge im Zaum nicht zu halten vermag,
Wenn Herz mir und Mund mit Gewalt überfließen
Und fördern vielleicht manch Geheimnis zu Tag
Aus unseres Eh'paars vergangenen Jahren,
So fühl' ich mich nur meinen Pflichten geneigt;
Am Hochzeitstag muß eben jedes erfahren,
Was Mann und was Frau uns am liebsten verschweigt.

Es ist doch ein wunderlich Ding, wie auf Erden
Der Amor verschieden die Pfeile verschießt;
Bei manchen die Wunden bemerkbar kaum werden,
Bei andern er gleich 's ganze Herze durchspießt.
Für diese, da schmiedet er langsam die Pfeile,
An jene, da wagt er sich gar nicht heran,
Und wieder bei andern hat's schreckliche Eile,
Da fängt er in frühester Jugend schon an.

Mitunter, da schießt er aus endloser Ferne,
Und manchmal ist auch die Distanz nur ganz klein;
Ja öfters, man glaubt's kaum, schießt er auch ganz gerne
Schräg über die Straße zum Fenster hinein.
Dem Amor kann nämlich der Umstand viel nützen,
Wenn eng vis-à-vis man zwei Häuser gebaut,
Wenn zweie zufällig am Fenster dann sitzen,
Wird oft sich zu tief in die Augen geschaut.

Dann fliegen die Pfeile wie spitzige Nadeln
Und bohren ins Herze sich tief mit Gewalt;
Wer will dann die armen Verwundeten tadeln,
Und sind sie auch kaum vierzehn Jahre erst alt,
Und trägt auch das Mädchen ganz kurz noch die Kleider,
Und wenn auch der Bub' aufs Gymnasium noch geht,
Der Pfeil bohrt im Herzen sich weiter und weiter;
Aus beiden ein niedliches Pärchen entsteht.

Natürlich die Eltern – die durften's nicht wissen,
Daß man so im stillen die Herzenkur trieb;
Die hätten den Pfeil aus der Wunde gerissen,
Daß sicher von ihr keine Spur mehr verblieb.
So wurde ganz heimlich das Fädchen gesponnen,
Das heute die beiden aufs engste umschlingt;
Und weil nun darüber die Zeit ist verronnen,
Die Sonne jetzt alles ans Tageslicht bringt.

Wie schlau doch Verliebte die Mittel erfinden,
Ihr Wesen zu treiben so recht ungeniert,
Das kann oft der schärfste Verstand nicht ergründen;
Da werden zum Beispiel Partien arrangiert
Und allerlei Spiele ganz harmlos getrieben;
Doch alles zum Scheine, wer wüßte das nicht,
Und sind auch die Alten stets wachsam geblieben,
Die Jungen, die führten sie doch hinters Licht.

So ist's auch bei unserem Eh'paar gewesen;
Auf das hat der Amor gar zeitig gezielt,
Die hatten gelernt kaum das Schreiben und Lesen,
Da haben sie Braut schon und Bräut'gam gespielt.
Sie mußten zwar stets sich im Dunkeln verstecken,
Wenn sie ihre Liebe ganz heimlich erfrischt;
Oft quälte sie Furcht und gewaltiger Schrecken,
Daß sie nicht am Ende der Vater erwischt.

Doch heimliche Liebe, die schützen die Götter,
Und weil gute That sich ja immer belohnt,
So schützte sie auch noch sein Freund und ihr Vetter,
Der glücklicherweise im Hause mit wohnt.
Denn als einst das Schicksal in tückischer Weise
Hinaus in die Welt den Geliebten gebannt,
Da wurde der Vetter geschwind, doch ganz leise
Als Wächter der Tugend des Liebchens ernannt.

Denn Eifersucht quälte den Armen unendlich,
Ihm schien es ein äußerst gefährliches Ding,
Als Liebchen natürlich und ganz selbstverständlich,
So wie sich's gebührt, in die Tanzstunde ging.
Da mußte der Vetter getreulich bewachen,
Wer seiner Geliebten den Hof hier gemacht;
Und daß sie ihm keiner könnt' abspenstig machen,
Da hatte er folgenden Plan sich erdacht:

Er band es dem Vetter gar ernst auf die Seele,
Daß seiner Verpflichtung als Freund stets getreu –
Er nimmer und nie einen Ball je verfehle,
Bei dem seine Liebe als Tänzerin sei.
Und daß nicht ein andrer sie könnt' annektieren,
So mußte der Vetter auf Treu und auf Ehr'
Sie zur Polonaise stets selbst engagieren
Und thun, als ob selbst ihr Verehrer er wär'.

Er mußte auf Schritt und auf Tritt spionieren
Womit und mit wem sie die Zeit sich vertrieb,
Und jener that weidlich auf ihn räsonnieren,
Wenn er ihm nicht täglich zwei Bogen voll schrieb.
Und daß nicht das Porto zu hoch sich belause,
So riet um zu sparen dem Freunde er sehr:
Daß künftig recht dünnes Papier er sich kaufe,
Da geht recht viel drauf und es wiegt nicht so schwer.

Doch nun ist vorbei alles Sorgen und Bangen,
Das Sprüchwort: „Was lang währt, wird endlich auch gut,"
Das ist nun auch hier in Erfüllung gegangen,
Von heute ab wohl alle Leidenschaft ruht.
Die Braut hat dir treulich und redlich bewiesen,
Daß „Treue der Frauen" sich nimmermehr kehrt;
Jetzt kannst du in Frieden des Schatzes genießen,
Den du dir errungen; nun halte ihn wert.

Und nun noch zum Schlusse auf gutes Gedeihen
Des heiligen Bundes, den heute ihr schließt,
Laßt mich noch den herzlichen Glückwunsch euch weihen,
Daß Segen und Heil eure Ehe durchfließt.
So hell und so rein wie die Gläser jetzt klingen,
Soll euch, wie ein schöner harmonischer Bau,
Auch all' euer ferneres Leben gelingen:
Hoch lebe der Eh'mann – hoch lebe die Frau,

Robert Hertwig

Ein junger Doktor

Heute soll hier Hochzeit sein,
Da dürft ich nicht fehlen;
Sehe gern, wenn zwei sich frein.
Wenn sie sich vermählen.
Festesfreude strahlet hier
Und der frohen Gäste
Sind ja kaum zu zählen!

Ehestand ist Wachestand!
Frauchen, laß dir's sagen;
Mir als Doktor ist's bekannt,
Da giebt's viel zu tragen.
Sieh den Schatz noch einmal an,
Später brummt wohl oft der Mann,
Doch dann hilft kein Klagen!

Doch auch der Herrn Ehemann
Möge Vorsicht zeigen;
Fräulein Braut war nie ein Lamm
Im geduld'gen Schweigen.
Hin ist des Gedenkens Frist,
Wenn das: „Ja“ gesprochen ist,
Dann heißt's nur sich beugen!

Guter Rat kommt hier zu spät,
Wie ich muß bekennen;
Jeder Blick des Paars verrät',
Was nicht Namen nennen.
Kann doch weder Glück noch Leid,
Kann doch weder Raum noch Zeit
Treue Liebe trennen!

Von der Fern' kam ich daher,
Stolz zu ordinieren:
Meinen Irrtum büß' ich schwer,
Muß kapitulieren.
Hoch denn, hoch dem jungen Paar!
Und zuerst auf fünfzig Jahr
Laßt uns akkordieren.

Möge Frieden denn und Glück
Wo ihr weilt, einziehen!
Laß ein gütiges Geschick
Euren Weizen blühen.
Braucht den Arzt ihr wo und wann,
Der Geheimrat wird sich dann
Gern für euch bemühen!

Kommen einst nach fünfzig Jahr –
Und nun folgt das Beste –
Zu dem greisen Jubelpaar
Wieder frohe Gäste,
Rufen fünfzig Enkel dann:
Hoch die Frau und hoch der Mann
Zum Goldhochzeitsfeste!

Henriette Köhler

Hochzeits-Humoreske

Zum Vortrag
Auch nach der Melodie: „Hört die große Mordgeschichte" zu singen.

Wunderbar, ihr lieben Leite
Ist die Fiegung dieser Welt;
Ach, aufs neie sieht man heite
Wie das Leben ist bestellt.

Geethe hat die Lehr' gegeben:
„Wer zum Singen Lust empfand,
Greif ins volle Menschenleben,
Wo er's packt, ist's intressant."

Bei zwei frommen Eheleiten
In dem schönen Sachsenland,
Schon vor längst verfloßnen Zeiten
Einstmals eine Wiege stand.

Drinnen lag ein Erdenbärger,
Der, wie man genau erforscht,
Schrie der Nachbarschaft zum Ärger,
Teils aus Hunger – teils aus Dorscht.

Weil's der erste war vom Schtamme,
Den gebracht der Klapperstorch,
Schenkte man ihm eine Amme,
Fabriziert in Altenborg.

Die ihn uffgebäbbelt hatte
An dem Busen mit Geschick –
'S war Sie wärklich keene Watte,
Drum ist er ooch heit' so dick.

Oskar[4] ist ein schöner Name,
Er ist wahrlich nicht von Stroh;
Doch er paßt for keene Dame,
Drum nannt' man das Knäblein so.

---

4 Name und Örtlichkeiten sind leicht abzuändern.

Kaum entwachsen seiner Wiege,
Trug das Knäblein ach so hold
Mit Geschmack nur Samtanziege,
Knebbe druff aus gelbem Gold.

Und weil er in dieser Weise
Macht Epoche kolossal,
Wollt' sein Vater auf die Reise
Mit ihm gehen auch einmal.

„Doch mit des Geschickes Mächten,"
Singt der Dichter klar und hell,
„Ist kein ew'ger Bund zu flechten,
Und das Unglück schreitet schnell."

Als zur Reise schon bereitet
Alles fix und fertig war,
Oskar nagelneu gekleidet,
Naht die schreckliche Gefahr.

In der Jugend kecker Laune,
Ach, man weiß wie Knaben sein,
Klettert er auf einem Zaune,
Reißt die Hosen kurz und klein.

Ach du großes Herzeleide –
An den Hosen nagelneu –
Grade an der Nordwestseite
War die ganze Aussicht frei.

Vater kam in großer Eile
Rasch herbei mit einem Satz,
Und es setzte viele Keile
Grad auf den entblößten Platz, –

Als die Kinderzeit sich neigte,
Fand man Oskar gar nicht dumm;
Und weil viel Talent er zeigte,
Kam er aufs Gymnasium.

Wissenschaft und scheene Kinste
Wie er heite uns beweist,
Brachten herrliche Gewinste
Für den strebenswiethgen Geist.

Für die Kaufmannstandsbelehrung
Handelsschule ihn umfing,
Und aus Damenweltsverehrung
Lernt er Tanzen leicht und flink.

Nur aus edler Kamftfbegierde,
Weil er keenen Feind nicht färcht,
Hat dem Regiment zur Zierde
Er sein Dienstjahr abgewärgt.

Ach, da mußte man was schpieren,
Wenn mit Säbel und Gewehr
Man ihm zusah exerzieren,
Schneidig sag ich eich – uff Ehr!

Närgend fand sich seinesgleichen,
Laufen könnt' er wie ein Reh',
Und doch könnt' er nie erreichen
Korporalenportepee.

Sicher hätt' in Frankreichs Heere
Sein Genie es weit gebracht;
Doch in Deitschland hält das schwere,
Das Talent wird hier veracht'.

Weil in Deitschland so erbärmlich
Ist die Industrie im Stand,
Zog sein Wissensdrang ihn färmlich
Mit Gewalt nach Engeland.

Dort hat ehrlich er geschunden
Sich mit Studien früh und spat,
Große Meisterschaft gefunden
Hat er sonderlich – im Skat.

Aber auch viel Abenteier
Hat der Arme dort erlebt,
Wie ein tickisch Ungeheier
Hat das Unglück ihn umschwebt.

Einstmals er zum Hochgenusse
Böser Buben – Schicksalsspiel! –
Gar von einem Omnibusse
Auf das Straßenpflaster fiel.

Als er reine zum Vergnügen
Eine Landpartie gemacht,
Mußten in zwei Betten liegen
Ihre fünf die ganze Nacht.

Schreckliches ist ihm begegnet
Als nach Liverpool er fuhr,
Denn er sah, weil's sehr geregnet,
Von der Stadt nicht eine Spur.

Im Hotel, wo zum Entzücken
Reizend war die Stubenfee,
Schleicht bei Nacht, sie zu erblicken,
Er durchs Haus im Negligee.

Und weil er in England leider
Nicht erblühen sah sein Glück,
Trieb's ihn mutig immer weiter –
Nämlich zu Mama zurück.

Ach, er hatte in der Fremde
Oft erlebt manch harten Strauß;
Abgenutzt war'n Rock und Hemde,
Deshalb blieb er nun zu Haus.

Drum kann man's ihm nicht verdenken,
Wenn die Reiselust sich stillt;
Und nun laßt den Blick uns lenken
Schleunigst auf ein andres Bild.

Hier in einer schönen Straße,
Wie bei uns man viele sieht,
's ist euch wahrlich keine Phrase,
Eine frische Rose blüht.

Diese rosenrote Pflanze
War so zart und lilienweiß,
In der Jugend frischem Glanze
Aller Madchen schönster Preis.

Hannchen, so hat sie geheißen,
War ein schrecklich kluges Ding,
Das könnt' jeder schon beweisen,
Als sie noch zur Schule ging.

Um die Wahrheit zu bekennen,
Weil sie gar so fleißig war,
Könnt' der Lehrer sich nicht trennen
Und behielt sie noch ein Jahr!

Um mit Liebreiz sie zu schmücken,
Brachte man ihr mancherlei –
Kochen, Waschen, Nähn und Stricken –
Und sogar das Tanzen bei.

Doch bei dem Kostümenballe,
Ach, man weiß ja wie das ist,
Stellt ihr Oskar eine Falle,
Fing sie drin mit böser List.

Und nun ist ihr Brot gebacken,
Dieser Jüngling kühn und frech,
Ging ihr nicht mehr von den Hacken,
Schnappt sie vor der Nas' uns weg.

Mit der lieben guten Nymphe
Wo die ganze Menschheit schlief,
Er ganz heimlich früh um fimfe
In den Wald spazieren lief.

Daß kein Ding so fein gesponnen,
Zeigt vom Liede die Moral:
„Es kommt alles an die Sonnen,
War's auch manchmal sehr fatal!"

Robert Hertwig

Bei Abnahme des Kranzes und Sträußchens, sowie Überreichung der Haube, Mütze und des Pantoffels

Bei einem Feste, wie das heut'ge ist,
Sind manche Freundespflichten zu erfüllen,
Und daß man nicht das Beste gar vergißt,
So überdenke mancher sich im stillen,
Was heute gute Sitte wohl verlangt
Zu unsres Paares bestem Nutz und Frommen,
Da bin ich denn – ich hab' nicht lang geschwankt –
Auf einen Einfall sondrer Art gekommen:

Daß heute jeder Mund und jede Hand
Viel bringen wird an Wünschen und Geschenken,
Daß man dem Paare Myrtenzweige wand,
Das konnte ich mir doch im voraus denken;
Doch daß der Schmuck, nach altem guten Brauch
Von Haupt und Brust des Brautpaar's muß entweichen
Nach wenig Stunden, o das wüßt' ich auch,
Und deshalb sorgt' ich für ein andres Zeichen.

An deinem Ehrentage, liebe Braut,
Hast du der Jungfrau grünes Blattgewinde
Zum letztenmal auf deiner Stirn geschaut,
Nun höre wohl, was ich dir jetzt verkünde:
In dieser Stunde hast du deinen Lauf
Als Jungfrau auf der Lebensbahn durchflogen,

Ein neuer Stand nimmt heute dich nun auf:
Du bist ins Reich der Frauen eingezogen.

Verzeihe, wenn mit rauhen Händen jetzt
Des Myrtenkranzes ich dein Haupt beraube;
An seine Stelle sei fortan gesetzt
Ein neu Symbol der deutschen Frau: die Haube!
Auch du, mein Bräut'gam, ziehst ins Ehereich,
Und daß auch dir der heut'ge Tag was nütze,
So raube ich dir jetzt den Myrtenzweig,
Und reiche dir dafür die Zipfelmütze.

Und nun für euren neuen Lebenspfad
Will ich euch zum Geleite etwas schenken;
's ist nichts besondres, nur ein guter Rat,
Doch müßt ihr alle Tage daran denken.
Der Schiller einst in seiner Glocke sang:
Wo sich das Strenge, Rauhe und das Zarte
Verbunden hat, da giebt es guten Klang –
Auch da, wo Hartes sich mit Mildem paarte.

Nun aber es im Leben oft passiert,
Daß sich ein Mann vor Hitze fast verbrennet,
Daß er im Zorne oft den Kopf verliert
Und sich vor Ärger selber kaum mehr kennet,
Daß ihm im Grolle gar ein Wort entschlüpft,
Das freilich er am liebsten sollt verschlucken,
Daß gar ein Fluch ihm aus dem Munde Hüpft;
Das hat dann freilich manchmal seine Mucken!

Und wenn nun gar die Frau noch trotzt und schmollt
Und murrt und brummt wohl hinterdrein noch lange,
Wenn sie dem armen Hitzkopf gar noch grollt,
Dann ist es nichts mit diesem guten Klange.
Drum merkt euch: Immer freundlich sich gezeigt,
Vor bösen Worten eins das andre schone;
Wenn liebend eins sich zu dem andern neigt,
Dann klingt die Glocke in dem reinsten Tone.

Und daß der Mann nicht mißbraucht die Gewalt,
Die von Natur gegeben seinesgleichen,
Daß er nicht gar so sehr die Fäuste ballt,
Will ich der Frau noch eine Waffe reichen.
Wenn er etwa die gute Zucht vergißt,
Dann mag sie kühn nur den Pantoffel schwingen,
Dann wird ganz sicher zu derselben Frist
Die Friedensglocke wieder rein erklingen.

Robert Hertwig

Fleischerhochzeit

Zum Vortrag

Auch nach der Melodie: „Der Papst lebt herrlich in der Welt" zu singen.

Wenn jemand vor dem Wege steht,
Den heute unser Freund hier geht,
So ist es Brauch auf dieser Welt,
Daß man ein wenig Umschau hält,

Daß man bei Bräutigam und Braut
Ein wenig ins Vergangne schaut,
Ob man da nicht so manches sieht
Als guten Stoff fürs Hochzeitslied.

Gesponnen ist ja nichts so fein,
's kommt alles an den Sonnenschein;
Was unser Paar wohl gern verschweigt,
Wird heut bei hellem Licht gezeigt.

Doch liebe Frau, erschrecke nicht,
Wir kennen auch die zarte Pflicht,
Daß an dem weiblichen Geschlecht
Man nicht zu hart Vergangnes rächt.

Wenn auch das Weib zu viel nicht taugt,
Es jeder nicht zu wissen braucht,
Drum über die verfloss'ne Zeit
Schweigt jetzt des Sängers Höflichkeit.

Doch dafür sehen wir den Mann
Uns recht genau bei Lichte an,
Der früher schon, das ist uns klar,
Ein ziemlich „heitrer Junge“ war.

Denn wo ein toller Streich geschehn,
Sah man ihn an der Spitze stehn;
Gab's irgend eine Eselei,
Da war er sicher auch dabei.

Als eines Meisters erster Sohn,
Bewies er in der Jugend schon
Zur Fleischerei ein groß Talent,
Wie er gewiß auch selbst bekennt.

Denn fette Ochsen liebt er sehr,
Sein Ideal ist hoher Schmeer;
Ein fetter Schöps, ein feistes Kalb,
Dafür giebt er sein Leben halb.

Wenn er beim Handel auf dem Land
Nur irgendwo ein Mastvieh fand,
Das mit dem Ehrenpreis prämiert,
Das ward in seinen Stall geführt.

Und wußt er wo solch Riesenvieh,
Da scheute er die Kosten nie,
Er reiste hin und kauft es ein,
Gleichviel ob Ochse oder Schwein.

Doch jedem ist das Sprichwort kund:
„Zu vieles Fett ist ungesund“.
Drum weil er's massenhaft erwarb,
Er oft den Magen sich verdarb.

Doch glaub' man nicht nach diesem Lied,
Daß unser'n Freund nur Schlachtvieh zieht.
Und daß von anderm Glück der Welt
Er sich etwa zurücke hält.

Ach Gott behüte, dann und wann
Ist er sogar ein Lebemann,
Besonders, wenn er etwas spürt,
Wo man sich „göttlich" amüsiert.

Als Beispiel nenn ich nur den Fall,
Daß so ein flotter Jungfernball
Für ihn ein wahres Gaudium ist,
Wo er das „Heimgehn" ganz vergißt.

Auch Liebesglück ihm nimmer fehlt,
Wie die Geschichte uns erzählt,
Sonst sähen wir ihn wohl nicht heut'
Als Helden dieser Hochzeitsfreud'.

Es lud ihn manche Dame fein
Zu einem süßen Stelldichein;
So etwas kommt nun nicht mehr vor,
Sonst nahm' ihn seine Frau beim Ohr!

Bei ihr nur ruht sein künftig Glück –
Aus ihren Augen nur ein Blick,
Und er ruft gleich – nur du allein!
Nie soll es eine andre sein!

Und heute, an dem Hochzeitstag,
Bei fröhlich festlichem Gelag,
Freut sich der Gäste reiche Schar
An diesem neuvermählten Paar.

Drum setzt die Gläser an den Mund
Und trinkt sie aus bis auf den Grund
Und ruft mit heller Stimme dann:
Hoch leb' die Frau und hoch der Mann!

Robert Hertwig

Meister Zwirnknäul

(Immer lustig auf- und abspringend und sich beweglich auf einem Beine drehend.)

Meck, meck, meck,
Bin das lust'ge Schneiderlein,
Kehr' zum heut'gen Feste ein,
Meck, meck, meck!
Wünsche Glück dem jungen Paar,
Lust und Freude immerdar.
Liebe Frau und lieber Mann,
Aufgeschaut und umgethan;
Meck, meck, meck!
Will euch meinen Wunsch verraten:
Lang sei euer Lebensfaden,
Nadelfein und bügelblank;
Laßt mich sprechen frei und frank!
Wenn das Schicksal in die Quer
Kam' euch mit der scharfen Scheer'.
Wenn es zwickte, wenn es schnitt,
Haltet beide gleichen Schritt;
Plättet, gebt mir euer Wort,
Plättet alle Sorgen fort
Mit dem Instrument, dem heißen,
Das wir nennen Bügeleisen;
Plättet alle Schicksalsfalten
Und laßt Gottes Willen walten.
Nach der grauen Nebelnacht
Lichter Sonnenschein stets lacht,
Alles wird dann wieder glatt,
Darum folget meinem Rat.
Sehet mich an: Meck, meck, meck!
Bin ja immer froh und keck.

Habe oft den Beutel leer,
Was mich müßt' verdrießen sehr,
Blicke, meck, meck, meck, nie scheel,
Bin 'ne lust'ge Schneiderseel'.
Meck, meck, meck, meck, meck, meck, meck!

(Er hüpft auf und ab und dreht sich geschwind und possierlich vor dem jungen Ehepaar umher.)

Meister Zwirnknäul nennt man mich,
Fleißig bin ich sicherlich;
Bin kein Fleckendieb, auf Ehr',
Schwör's bei meiner Schneiderscheer'!

(Er schlägt sich auf den Mund.)

Doch ich komme hier ins Plaudern,
Darf fürwahr nicht länger zaudern,
Muß nun rennen gleich nach Haus,
Denn sonst scheltet „sie" mich aus.
„Sie" ist nämlich meine Alte,
Hu, wenn da 'ne böse Falte
Auf dem Antlitz sich läßt sehn,
Ist's um mich, meck, meck, geschehn!
Diese Falte, auf mein Wort,
kann ich plätten niemals fort
Mit dem Instrument, dem heißen,
Das wir nennen Bügeleisen.
Drum leb' wohl nun, liebes Paar,
Und wenn fünfundzwanzig Jahr
Sind verrauscht im Zeitenstrom,
Ich dann wieder zu euch komm'.
Nehmt zum Schluß noch diese Gabe,
's ist nicht viel, was ich hier habe;
Denkt dereinst mit frohem Blick
An die Schneiderseel' zurück,
Meck, meck, meck!

Scheiden muß ich nun, o weh,
Meister Zwirnknäul sagt ade!
Meck, meck, meck!

(Er übergibt ein passendes Geschenk: Bügeleisen, Scheere, ein Näh- oder irgend einen scherzhaften Artikel, meckert und tanzt lustig ab.)

Elisabeth Sieber

Ein jegliches Ding auf der Welt hat zwei Seiten

Ich kenne ein Sprichwort, das stellt ganz bescheiden
Und wahr die Behauptung uns auf:
„Ein jegliches Ding auf der Welt hat zwei Seiten". –
Ich will's euch erklären, hört drauf!

Als Gott sich im Anfang die Erde geschaffen,
Da fiel der Gedanke ihm ein:
Dort unter den Fischen und Vögeln und Affen
Da muß auch das Menschenkind sein.

Weil sonst war ein einseitig Ding nur der Boden
Des Erdballs, drum schuf er den Mann;
Er hauchte ihm ein den lebendigen Odem,
Dann sah er den Adam sich an.

Da merkte der Schöpfer, der war nicht vollkommen,
Nur einseitig war dieser Leib,
Drum hat er ihm rasch eine Rippe entnommen
Und baute daraus noch ein Weib.

That beide zusammen und rief: „So soll's bleiben,
So lang bis die Erde vergeht,
Es soll sich hinfüro jed' Männlein beweiben,
Damit es nicht einseitig steht."

Den Spruch zu erfüllen, so wie sich's gebühret,
Hat heut' unser Bräut'gam die Braut

Zum Stande der heiligen Ehe geführet,
Sein eigenes Heim sich gebaut.

Drum laßt uns ein Wörtlein im Ernste jetzt sagen,
Und wenn's auch nur einfach erscheint,
Die Freundschaft hat's gern euch entgegengetragen,
's ist ehrlich und ernstlich gemeint;

Doch muß ich das Sprichwort zur Seite behalten:
Von außen sollt „zwei" ihr nur sein!
Doch innen soll nie euer Herz sich zerspalten,
Eins senke ins andre sich ein.

Da herrsche nur einiges inniges Sinnen,
Da wohne die Eintracht so gern,
Da eine sich friedlich ein jedes Beginnen,
Und Zwietracht bleib' allezeit fern.

Da spüre man nichts von zweiseitigen Dingen,
Da singe dem Sprichwort man Hohn,
Da sollen die Saiten des Herzens erklingen
In süßem harmonischen Ton.

Und wenn diesen Rat für die künftigen Tage
Recht sorgsam und ernst ihr erwägt,
Dann schweigt auch gar leicht jede andere Klage,
Weil Einigkeit alles erträgt.

Ein anderes Wünschen ist eiteles Hoffen,
Denn Trübsal bleibt nirgends ganz aus.
Von ihr wird nun einmal jed' Wesen betroffen;
Treibt sie nur vereinigt hinaus.

So war' unser Wunsch nun heraus aus dem Munde,
Erfüllt die geziemende Pflicht,
Da tritt mir das Sprichwort zur richtigen Stunde
Noch einmal ganz klar vors Gesicht.

Zwei Seiten, so heißt es, hat alles auf Erden;
Nun gut, 's ist gerade noch Zeit,

Dem Rate – dem ernsten – soll darum noch werden
Die lustige Seite geweiht:

Hängt nicht euer Himmel beständig voll Geigen,
Ein knurriger Baß manchmal brummt,
Dann rat' ich der schmetternden Flöte zu schweigen,
Dann sicher der Baß auch verstummt.

Der Rat gilt der Frau, und dem Eh'mann gilt dieser:
Geh abends recht zeitig stets heim,
Sonst wird eure Einheit von Tag zu Tag mießer,
Zuletzt geht sie gar aus dem Leim!

Nun sind wir zu Ende, es blühe und grüne
Das Glück an dem eigenen Herd;
Hoch lebe der Eh'mann mit seiner Huldine! –
Sei Segen euch immer beschert!

Robert Hertwig

Ein mittelalterlicher Doktor einer Lehrerin

(In Doktortracht, ein Diplom in der Hand.)

Griesgrämig und zornig tret' ich herein,
Beleidigter Wissenschaft Diener!
Ich such' ein verwegnes Mägdelein:
Kein einziges täuscht mich noch kühner!

Als grau noch des Mittelalters Zeit
Geschritten ist über die Erde,
Da rief der Schöpfer, der ewig gebeut,
Mir zu das erweckende „Werde!"

Er gab meiner Seele den kühnen Hang,
Des Wissens Reich zu ergründen;
Nicht stillte der Doktorhut mir den Drang,
Noch Köstlichers wollte ich finden.

So strich meine Lebenszeit dahin;
Ich sollte gleich anderen scheiden,
„O," flehte ich, „lasset mich, wo ich bin;
Ich kann das Forschen nicht meiden!"

Mir wurde die Bitte gnädig gewährt.
Das Amt selbst sollt' ich ererben,
Die hochbegabt sind, die geistig wert,
Als Jünger des Wissens zu werben.

Einst schritt ich sinnend durch blühendes Land;
Da trat mir ein Mägdlein entgegen,
Des Auge so frisch, daß als geistesverwandt
Ich's grüßte mit freudigem Regen.

Sie plauderte lustige Märchen mir vor
Von Rittern und gütigen Feeen,
Die nur sie allein, sonst niemand zuvor
Auf der Heimat Auen gesehen.

Ich rührt' mit dem Stabe heimlich sie an,
Daß ganz sie werde mein eigen;
Verfolgte dann ihre Lebensbahn,
Die doch zu mir sich mußt' neigen.

Zur Schule sah ich die Kleine ziehn,
Wie lernte sie fleißig und prächtig!
Manch lobendes Zeugnis ward ihr verliehn;
Das kränkt oft die Mitschüler mächtig.

Ich sah sie dann pilgern ins Seminar,
Hier wieder stets stehen in Ehren –
Daß auch ein lustiger Bruder sie war,
Konnt' ihren Ruhm ja nur mehren.

Examen macht sie wie leichtes Spiel,
„Recht gut" – das mußt' ihr ja blühen!
Bald wollt' sie in lustigem Kindergewühl
Mir treue Gehilfin sich mühen!

In lockende Träume wob ich ein Bild
Noch höheren Ruhms dann beharrlich:
Viel mehr als „Fräulein Lehrerin" gilt
Der „Doktortitel" doch wahrlich!

Zuletzt, nie vergeß' ich der herrlichen Zeit,
Sprach oft sie mit lieblichem Munde:
„Ob auch fürwahr der Tag noch weit –
Ich schwöre zu dieser Stunde:

Dereinst, wenn nicht andere Pflicht mehr mich bannt,
Die Heimat kühn zu verlassen,
Dort draußen zu Zürich im schweiz'rischen Land
Die Wissenschaft ganz zu erfassen!

Nicht eher betret' ich des Vaterlands Erd',
Die Lieben nicht eher ich grüße,
Als bis mir der Doktortitel beschert,
Ich die Doktorwürde genieße!"

Und heimlich berührt' ihr Haupt meine Hand;
Ganz leise sprach ich den Segen,
Ging frohen Mutes von Land zu Land
Und harrte der Zukunft entgegen.

Und da ich gewaltet nun Jahr um Jahr,
Vernehm' ich die schmerzliche Kunde:
„Die einst deine treueste Jüngerin war,
Wird treulos zu dieser Stunde!" –

(Zur jungen Frau.)

Du bist's, die mit Myrte und bräutlichem Kleid
Geschmückt vor mir ich jetzt sehe;
Zu bitter und qualvoll ist drob mein Leid,
Zu unermeßlich mein Wehe.

Ich kann nicht verzeihen, vergessen nicht,
Nicht Gutes wünschen dir heute;

Ich kam dich zu strafen, zu halten Gericht;
Den Spruch, wie du willst, dann dir deute.

Sieh hier das Diplom, das für dich schon bestimmt
Von Zürich die Herrn Professoren;
Vor deinen Augen zerreiß' ich's ergrimmt,
Dies Ziel ist dir ewig verloren!

Ganz ändern soll sich dein mutiger Sinn,
(Er zieht ein Häubchen hervor.)
Mit Würde nur trage dies Häubchen!
Und in keinem andern such' Heil und Gewinn,
Als in der Benennung: „Lieb Weibchen!"

Otto Volkert

Die drei Schlüssel

(Bei Übergabe einer Brosche in Form von drei Schlüsseln.)

Schön Frauchen, dich grüß' ich mit Herz und mit Mund
Zum Feste, dem frohen und schönen,
Da du mit dem Teuren geschlossen den Bund,
Mit dem Kranze des Glücks dich zu krönen.
Du prangst in der Myrte so herrlich schön,
Wie wird dir hernach erst das Häubchen stehn!

Heut' neidest du nichts auf dem Erdenrund,
Dir blinket die Fülle der Gaben;
Ich bring' dir dazu einen Schlüsselbund,
Den sollst du zum Schmucke noch haben.
Der Schlüssel, es sind ihrer drei daran,
Die zeigen des Hauses Herrin an.

Der erste Schlüssel, o der ist groß,
Der öffnet des Hauses Pforte,

Drin deiner harret das wonnigste Los,
Mit ihm, deinem Gatten und Horte!
Du strahlest so selig, als wäre dies
Sanct Petri Schlüssel zum Paradies.

Der zweite Schlüssel, er führet dich
Zur Küche, den darfst du nicht missen,
Denn für dein Männchen sicherlich
Machst gern du auch Leckerbissen.
Es lebt so ein Pärlein nicht bloß vom Kuß,
Ein gutes Weibchen auch kochen muß.

Den dritten Schlüssel nimm wohl in acht –
Daß Segen das Gold doch hätte!
Denn dieser Schlüssel, o Weibchen, macht
Dir auf deines Mannes Kassette.
Und wenn du Geld daraus entnimmst,
Denk', daß du's nur für Gutes bestimmst!

Zum Hause, zur Küche und selbst zur Truh'
Die Schlüssel bring' ich dir alle,
Doch einen Schlüssel, den schaffest du
Dir selber in jedem Falle.
Du schaffst ihn allein dir allerwärts,
Den Schlüssel für deines Mannes Herz.

Den nimmer ein Schlosser formen kann,
Der Schlüssel sei dem eigen,
Und mög' em Herz dein lieber Mann
Von lautrem Gold dir zeigen!
O Weibchen, hab' immer von dieser Stund'
Den Herzensschlüssel zum Schlüsselbund!

Johannes Fastenrath

Ein Freund einem Geistlichen

Ein Sämann ging und säte guten Samen;
Ob manches auch auf dürres Erdreich fiel,
Ob gierig pickend auch die Vöglein kamen,
Ob manches Körnlein ward der Winde Spiel,
Er ließ die kräft'gen Arme nicht erlahmen,
Er schaffte weiter und errang sein Ziel.
Die Saat gedieh bei Sonnenschein und Regen
Und brachte hundertfält'ger Früchte Segen.

Ein guter Sämann weilt in unsrer Mitte,
Ausstreuend in die Herzen Gottes Wort,
Und Trost und Segen folget seinem Schritte,
Und frische Saat umgrünt ihn fort und fort,
Für ihn steigt heute unsre inn'ge Bitte
Zum Herrn der Ernte, zu dem ew'gen Hort,
Daß wie er wirkt so reich zu andrer Heile,
Ihm auch die Frucht werd' seiner Müh' zu teile.

Sei, die von diesem Hause ausgegangen,
Die gute Saat, ihm fruchtreich immerdar,
Ruh' es von treuer Dankbarkeit umfangen,
Und mögen Fried' und Freude tief und wahr
Zu schönster, reichster Blüte hier gelangen,
Das wünschen wir dem neuvermählten Paar.
Wo reich die Lieb' und fest das Gottvertrauen,
Wird Gottes Segen festes Glück erbauen.

I. Wege

Ein Geistlicher

Die Lieb' ist der Vollkommenheiten Band,
In ihr nur ist das wahre Glück zu finden,

Und alles kann die Liebe überwinden,
Ob Kampf und Schmerzen uns der Herr gesandt.

Mit ew'gem Licht beglücket sie den Blinden,
Führt ihn empor mit sanfter starker Hand,
Zum Segen wird selbst Leid durch sie gewandt,
Und was unlauter, muß vor ihr entschwinden.

Kein fester Band als sie giebt es auf Erden,
Wohl euch, daß ihr in Liebe euch gefunden,
Sie hebet über Sorgen und Beschwerden,

Und Balsam bietet sie für alle Wunden.
Weil ihr sie spendet, wird euch Freude werden
Und Friede, weil in Gott ihr seid verbunden.

I. Wege

Ein Prediger

Ob Schnee bedeckt den Garten,
Dürr stehen Baum und Strauch,
Magst nur geduldig warten,
Es kommt ein Frühlingshauch.

Und milder Glanz ergießet
Sich reich und wunderbar,
Aus dürren Blättern sprießet
Der Veilchen duft'ge Schar.

Froh tönt der Vöglein Reigen,
O harre und hab' acht,
Bald an den Dornenzweigen
Erblühet Rosenpracht.

O wunderholdes Glühen,
O Frühlingssonnenschein!

Viel Lust machst du erblühen
Im Herzen wie im Hain.

Doch deine Blütenkränze,
Wie schnell sind sie verweht!
Ich weiß von einem Lenze,
Der immerdar besteht.

In treuem Menschenherzen
Erblüht er mild und licht,
Durch tausend bittre Schmerzen
Er stille Hoffnung flicht.

Wohl stören Hagelschauer
Oft seine Blütenpracht,
Es kommen Leid und Trauer
Wie kalter Reif der Nacht.

Doch immer wieder heben
Die Blümlein hold ihr Haupt,
Ihr gottentstammtes Leben
Wird nicht vom Frost geraubt.

Solang' die heil'ge Flamme
Der Lieb' im Herzen glüht,
Solang' an starkem Stamme
Die edle Treue blüht.

Heil euch, die ihr so lange
So treu und unentwegt,
Ob trauernd oft und bange,
Die Liebe habt gehegt.

Ihr habt gekämpft, gerungen
Mit mancher Sorg' und Pein,
Nun seid ihr durchgedrungen
Zum frohen Sonnenschein.

Das Dunkel ist verschwunden,
Der Winter ist dahin,

Und fröhlich muß gesunden
Nun euer Herz und Sinn.

Der Herr der Ewigkeiten
Auf hohem Himmelsthron
Geb' euch zu allen Zeiten
Der treuen Liebe Lohn!

I. Wege

Segenswunsch

Schön war die Zeit, in der du Wiesenblumen pflücktest
Und dich, o holde Frau, so gern mit ihnen schmücktest!
Die Zeit, da um die Wette du mit Freunden sprangest,
Und tollkühn um den Ruhm des größern Mutes rangest,
O junger Mann! Die Zeit, als deine Jugend tagte,
Du glücklich Paar! die Zeit, da jedes von euch sagte:
„Wie ist die Kindheit doch gar so schön,
Weshalb kann sie nicht immer fortbestehn?"

Doch jene Zeit verging, ihr ginget mit ihr weiter
Und rücktet höher auf der Zeiten Stufenleiter.
Der bunten Wiesenblumen duft'ge Kränze wichen
Der Krone, die von roten Rosen! Ganz verblichen
War jene Freude an dem kind'schen Spiel, ihr fandet,
Daß schöner als die Zeit, in der ihr vorher standet,
Der Jugend schöne Blütenzeit noch sei,
Und wünschtet keine andre Zeit herbei.

Es ist der Welt Gesetz: das eine muß vergehen,
Soll etwas anderes an seinem Platz erstehen.
So ist es dieses Mal das grüne Reis der Myrte,
Dem eure Rosenkrone sich enthebt; doch würde
Ich heute euch, Geliebte, in die Seelen schauen,
Wo nur die tiefsten, innersten Gedanken bauen –

Ich würde drinnen den Gedanken sehn:
Noch keine Zeit war wie die jetz'ge schön!

So war's bis jetzt, und betend rege ich die Hände,
Daß Gott mit euch, ihr Lieben, es nicht anders wende,
Daß er in allen künft'gen, uns noch dunklen Zeiten
Möcht' segnend seine Gnade über euch verbreiten.
Daß ihr nie nötig habt, um eine Zeit zu klagen,
Daß euer Innerstes nur stets euch selbst kann sagen:
„Noch keine Zeit war wie das Jetzt so schön,
O möchte es doch niemals, nie vergehn!"

Anna Dietrich

Ein Lehrer an die junge Frau

Du junge Frau, aus trautem Kreise
Gehst du zu neuen Pflichten ein;
So mög' dir denn auf dieser Reise
Der Gott der Liebe gnädig sein.
Wo Liebe waltet und Vertrauen,
Wo sich die Hand zur Arbeit übt,
Da muß des Glückes Himmel blauen,
Von keiner Sorge Hauch getrübt.

So gehe denn die neuen Pfade
Voll Freude, voller Zuversicht,
Und halt' dich zu dem Herrn der Gnade,
Er ist dein Schutz und läßt dich nicht.
Er hilft dir durch des Daseins Mühen,
Er tröstet dich, wenn Leid dir naht,
Und läßt dir neue Freuden blühen,
Bei ihm nur wird dir Hilf' und Rat.

Und blickst du einst nach langen Jahren
Auf dieses Tages Lust zurück,

Dann weißt du, daß du hast erfahren
In all der Zeit das reichste Glück,
Und mutig schreitest du entgegen
Der dunklen Zukunft, sonder Scheu;
Es blühn dir ja auf allen Wegen
Die alte Lieb', die alte Treu'!

Frida von Kronoff

Ein Freund mit einer Schlafmütze

(Nach der Hochzeitstafel.)

Fast ist die Hochzeit nun vorüber,
Und was an Wünschen ich besaß,
Das ist schon gestern ausgesprochen
Und heute noch beim vollen Glas.

Doch noch etwas hab' ich gefunden,
Das ich mir bis zuletzt gespart,
Zwar eine nicht zu selt'ne Gabe,
Doch ist sie von ganz eigner Art.

Nicht jeder kann sie zwar gebrauchen,
Doch schenken darf man jedem sie,
Und ließ ich dich noch lange fragen,
Ich glaube, du errätst es nie.

Sieh, wie das Häubchen jetzt dein Frauchen
So lieblich schmückt, so weiblich schön,
Bei Gott, ich möchte dich, ihr Männchen,
In einem gleichen Schmucke sehn.

Zwar kann ich dir kein Häubchen reichen,
Doch eine Mütze thut es auch,
Daß sie so seltsam in der Form ist,
Na, das ist hier und da so Brauch.

Nun reich' den Kopf mir her, ich drücke
Die Mütze auf dein blondes Haupt;
Ein Zeichen sei's, daß nach der Arbeit
Man noch an Glück und Ruhe glaubt.

Dir kommt jetzt erst der Liebesfrühling
Voll Blumenglanz und Sonnenschein;
Er möge für dich ewig dauern,
Das soll mein letzter Glückwunsch sein.

Georg Irrgang

Toaste

Lob der Frauen

Fröhlich grünen Hain und Wälder
Und die sanfte Abendluft
Trägt durch Wiesen, Flur und Felder
Kosend fort den Blumenduft.
Um die waldgekrönten Höhen
Spielt der Sonne letzter Strahl,
Und mit leisem, weichen Wehen
Zieht der Abendwind durchs Thal.

Freundlich senden helle Sterne
Ihren holden Gruß uns zu;
Auf die Nähe, auf die Ferne,
Senkt sich labend süße Ruh';
Doch wie lockend auch die Auen,
Wie auch süß die Drossel ruft:
War' für uns nicht ohne Frauen
Selbst die Rose ohne Duft?

Welche Wonne, daß im Raume
Nicht verlassen steht der Mann,
Daß er, wie im holden Traume,
Froh durchs Leben gehen kann;
Daß nach Arbeit, hart und strenge,
Er in ungetrübter Lust,

In des Hauses trauter Enge,
Ruhen darf an treuer Brust.

Künden wollen wir's den Auen,
Jubeln laut durch Wald und Feld:
Nur im Schmucke holder Frauen
Ist ein Paradies die Welt.
Ob auch das Geschick uns raube
Mut und Schaffensfreudigkeit:
Frauenliebe, Frauenglaube,
Stärken uns im Sturm der Zeit.

Darum ehrt und liebt die Frauen,
Sie, der Schöpfung Zier und Kron!
Wo auch mög' der Himmel blauen,
Schirmt und schützt der Schönheit Thron!
Anmut, Weiblichkeit und Milde,
Treue, die nie wanken kann:
Ehrt in solchem Frauenbilde
Sich nicht selbst der ernste Mann?

Nun, so laßt die Gläser klingen,
Daß es töne voll und rein!
Laßt uns auf Gesanges Schwingen
Jetzt ein „Hoch" den Frauen weihn,
Die das Leben uns verschönen,
Die uns stärken Herz und Mut!
Singt in hellen Jubeltönen
Dreimal Hoch, beim Rebenblut!

Ch. A. Sprengel

Toast

Wenn jemand im Begriffe steht,
Sich auf die Wege zu begeben,

Die heute unser Freund hier geht,
So ist es Brauch im Menschenleben,
Daß man aus der vergangnen Zeit,
Aus seiner allerfernsten Jugend
Mit alter deutscher Offenheit
Bekrittelt seine Mannestugend.
Als ich nun jüngst die Mär vernahm,
Daß unser Freund sich wollt' vermählen,
Mir plötzlich der Gedanke kam,
Sein Sündenkonto aufzuzählen.
Doch sonderbar; was ich auch fand
Und was ich euch wollt' hören lassen,
Ich mußte, bald hab' ich's erkannt,
Stets an die eig'ne Nase fassen.
Da dacht' ich noch zur rechten Zeit,
Das „Faule" lieber zu verschweigen
Und euch aus purer Höflichkeit
Die „guten Seiten" nur zu zeigen.
Da braucht' ich nicht, wie Sokrates,
Zum langen Suchen die Laterne,
Bei meinem Freund, ich wußte es,
Da liegt das Gute nicht sehr ferne.
Ich fand es bald so massenhaft,
Daß es ein dickes Buch mußt füllen,
Drum hab' ich's gleich zusamm'gerafft,
Um's euch im ganzen zu enthüllen:
Er weiß bei allem so genau
Das „Allerbeste" zu erkunden,
Daß er in seiner jungen Frau
Wohl auch die „beste" rausgefunden;
Drum will ich auf den „scharfen Blick",
Den unser Freund in allen Dingen
Bisher gezeigt, und auf sein Glück
Ein lautes, schallend Hoch ausbringen.

So hebt die Gläser nun empor,
Dem Wunsche hellen Klang zu geben,
Und ruft im frohen Freundeschor:
Hoch soll das junge Paar hier leben!

Robert Hertwig

Launiger Damentoast

Vertilgt ist schon manch' gut Gericht,
Nun kommt der Braten dran,
Da fordert deutsche Ritterpflicht
Mich auf als deutschen Mann,
Daß ich der Damen nun gedenk'
Und ihnen eine Rede schenk'!

Als Gott der Herr den Mann gemacht,
Schuf Eva er, das Weib
Aus einer Rippe voller Pracht
Von Adams Erdenleib.
Warum aus einer Rippe gar?
Das ist doch wirklich wunderbar!

Warum nahm er denn nicht den Fuß,
Warum denn nicht das Bein?
Weil sie umher nicht schweifen muß
Und meist zu Hause sein!
Gott nahm nicht einmal Adams Hand,
Handgreiflich sei sie nie genannt.

Minerva sprang einst aus dem Haupt
Des Jupiter heraus;
Das ward der Eva nicht erlaubt,
Da wär' ja alles aus!
Das Weib hat so schon zu viel Kopf
Und dreht dem Manne manchen Zopf.

Doch welche Rippe war es denn,
War falsch sie oder echt?
Nun, soweit ich die Frauen kenn',
Das schönere Geschlecht,
Fällt ihnen keine Falschheit ein,
Drum wird sie echt gewesen sein!

Wie Adam herrlich fand sein Weib,
So finden wir noch heut',
Daß nichts daran zu wünschen bleib',
Was unser Herz erfreut!
Drum widme diesen Monolog
Ich Frau'n und Mädchen! Hoch, hoch, hoch!

Carl Cassau

Toast

Der Frauen Lob will ich anheben,
Drum bitt' ich, mir Gehör zu geben,
Als Adam einst geschaffen war,
Da zeigte bald sich's offenbar,
Es würde gut für ihn wohl sein,
Er bliebe nicht so ganz allein.
Da ward die Eva dann geschaffen
Aus Adams Rippe, nicht vom Affen,
Ob Darwin auch von solchem Vieh
Abstammt nach seiner Theorie!
Als Adam nun die Eva sah,
Da wußt' er nicht, wie ihm geschah;
Voll Staunen blickte er sie an,
Doch langsam kam er näher dann,
Und als er ihr zur Seite stand,
Ergriff er zögernd ihre Hand,

Die war so schön, so zart und weich,
Und leise drückt er sie sogleich.
Sein Blick ist ihrem Blick geweiht,
Und was er schaut, ist Seligkeit.
Er schaut ein holdes Angesicht,
Aus dem die sel'ge Liebe spricht;
Zwei Sterne blinken ihm herzu:
„Bei mir bist wie im Himmel du!“
Zwei Rosenwangen sieht er glühn,
In Eden giebt's kein schönres Blühn!
Zwei Lippen winken ihm so süß
Als höchste Lust im Paradies;
Ihr Antlitz ist so hold und mild
Wie seines Gottes Ebenbild!
Da hält er sich nicht langer mehr
Und schlingt die Arme um sie her,
Und legt mit unnennbarer Lust
Sein Herz an ihre treue Brust;
Von süßer Liebe hat berauscht
Er Kuß um Kuß mit ihr getauscht!
Ihr Auge spricht: „Ich liebe dich,“
Sein Herze jauchzt so seliglich:
„Nicht einsam bin ich und allein,
Denn du bist mein und ich bin dein!“
Das war das erste Liebespaar;
Sie mehrten sich von Jahr zu Jahr;
Und wie's dem Adam einst geschah,
Als er die holde Eva sah,
So geht's noch heut' den Adamssöhnen
Mit all' den erdgebornen Schönen,
Die Evas holde Töchter sind.
Es wächst heran das Menschenkind,
Wird Jüngling, Jungfrau, je nachdem,
Dann kommt die Frage: „trau, schau, wem?“

Bis Herz zum Herzen sich gefunden,
Und Herz und Herz sich eng verbunden!
Ein jeder weiß, wie schön das ist,
Und wenn du noch so mürrisch bist,
Du denkst doch gern an deine Liebe;
Dein Seufzer sagt's: „Wenn's doch so bliebe!"
Ihr lieben Fraun und Jungfräulein,
Ein Mann sitzt gern beim Glase Wein,
Macht gern damit die Kehle naß
Und denkt an dies und denkt an das;
Doch was er stets am liebsten denkt,
Wenn alle Gläser voll geschenkt,
Das ist der alte Adamsruf,
Als Gott ihm seine Eva schuf:
„Das Schönste, was es giebt auf Erden,
Ist lieben und geliebt zu werden!"
Drum lebe alles, was uns liebt,
Was uns die Lieb' ins Herze giebt:
Die Frauen und die Jungfräulein,
Sie sollen hoch erhoben sein!

Hermann Heine

Toast

Mit scheuem, ehrfurchtsvollen Zagen,
Mit schüchterner Bescheidenheit
Wag' ich ein Wörtlein euch zu sagen
Zur holden Liebesfeier heut'.

Zwar schreckt mich im gelehrten Kreise
Der Rede wohlgefügter Bau,
Doch spricht die Liebe ihre Weise,
Nimmt man's mit Worten nicht genau.

Und eines will mich stolz erheben,
Wenn ich mich sonst bescheiden muß
Der Lehrer Größter ist das Leben,
Auf meiner Stirne steht sein Gruß.

Und diesen Gruß will ich euch geben
Als Liebesgab' und Angebind',
Will meine Wünsche drein verweben
Für dich, du bräutlich-schönes Kind.

Sieh auf die heilig-weißen Locken,
Die mir so teuer sind wie dir;
Dein Kindesauge bleibt nicht trocken,
Und Dankbarkeit bethränt sie mir.

An dieser Liebesquelle trinkend
Sog unser Herz die gleiche Kraft;
Sie ist wie Gold und Silber blinkend,
Und ihre Flut nur Segen schafft.

O möge fort aus deinem Herzen
Sie strömen, ew'ger Jugend voll,
Und sanft ihr süß' Geplätscher scherzen
Die Sorgen dir vom Haupte soll.

Und wenn sie fließt mit der zusammen,
Die dir den Arm geöffnet hält,
So löscht sie aus der Lauheit Flammen
Und überflutet eine Welt! –

Mich dünkt, ich seh' hier im Pokale
Ein Tröpfchen schimmern von dem Quell,
Ich hebe die krystall'ne Schale –
Sie klingt im Freudenrausche hell!

Ich leere sie und schweig' und bete
In stummer Andacht Harmonie.
Wer ist's der mir Bescheid nicht thäte?
Erhebet euch und wünscht für sie!

Elimar Stribeck

Zwei Personen

Phönizierin und Germane

(Zur Vermählung eines Offiziers [Vertreter des deutschen Wehrstandes] mit der Tochter eines Großkaufmanns, die Vereinigung des Wehrstandes mit dem aus dem Oriente entsprungenen Handelsstande allegorisierend)

Personen:

Eine junge Phönizierin von einem Handelsschiffe aus Phönizien. Ein germanischer Krieger.

Ort der Handlung:

An der Mündung der Weser, am Ufer der Nordsee.

Phönizierin.

Aus Sidons Palmenhainen kam ich her,
Geleitend meines Volkes ems'ge Söhne,
Die nimmer rastend, von der Heimat Fluren,
Den sonnig-hellen, nach des Nordens Eis
Dem Drang des Herzens folgten, der sie trieb,
Des Weltmeers Wogen kühnlich zu durchfahren,
Reichtum und Glück dem Heimatland zu bringen;
Denn nur der Wohlstand schützt der Völker Frieden.
Ums eigne Heim nur sorgend und bekümmert,
Weckt nicht des Kriegsgotts Ruf die wilden Triebe
Im Herzen meiner Volksgenossen auf,
Und nur des Hermes fröhlicheres Locken

Erfüllen sie mit unbegrenztem Fleiße,
Der Väter alt Vermächtnis treu zu pflegen.
Dies rauhe Volk bedarf des Kaufmanns nicht,
Das Schwert in Händen, schützt es seine Scholle,
Die spröde, die des Keimens fast entbehrt.

(Der germanische Krieger ist inzwischen eingetreten.)

Germane.

Doch wissen wir das Volk zu würdigen,
Das arglos still an unsern Ufern landet,
Dem Forschungstrieb allein nur zu genügen,
Von gleicher Lieb' zum Vaterland entbrannt,
Wie der Germanen kampferprobte Söhne!
Doch sag', warum kamst du, das zarte Weib,
Verlassend deines Südens heiße Pracht?
Nicht oft wohl, dünkt mich, sah ich, daß auch Frauen
Des Meeres wildem Drangsal sich vertrauten.

Phönizierin.

Von Kindheit auf bewegte mich der Drang,
Die Welt zu sehn in ihrer ganzen Schöne;
Und meinem Gatten jüngst erst angetraut,
Litt es mich nicht in meines Hauses Enge:
Ich bat, ich flehte – endlich gab er nach,
Ließ mich gewähr'n, zu Schiff ihn zu begleiten.
Doch könnt' ich nimmer in der Fremde bleiben,
Der Heimat holdes Glück ersehn' ich schon
Mit heißem Herzbegehr bald zu erschauen.

Germane.

Wohl bist du, Edle, glücklich doch zu preisen,
Dem Gatten auf der Meerfahrt nah zu sein,
Des Kriegers Weib verlieh'n die Götter nicht,
Zum Kampfe ihren Gatten zu geleiten,
Wenn er verwundet, ihm die Hand zu legen
Aufs todesmatte Haupt – er steht allein,
Getrennt von Weib und Kind auf ferner Wahlstatt.

Phönizierin.

O könnt ihr rauhen Nordlands-Söhne nie
Des Schwertes glückzertrümmernder Gewalt entraten?
Könnt ihr, den Kampftrieb eures Busens stillend,
Niemals zur Friedensarbeit euch entschließen?

Germane.

O daß es dahin kam', ist unser Wunsch!
Doch dieses Glück gilt es erst zu erkämpfen,
Und dazu dient das kriegsgewohnte Schwert!
Abringen müssen wir dem rauhen Boden
Mühselig unsern Lebensunterhalt,
Bedroht von Feinden fern aus Ost und Süd.

Phönizierin.

Und sehnt ihr niemals nach der stillen Rast
Des Friedens in den grünen Eichenwäldern?
Wohl dünkt mich, daß auch ihr, ein kräftig Volk,
Die Gaben habt zu edlerm Thun und Wirken.

Germane.

O wenn der Frieden erst gefestigt ist,
Dann wird ein neuer Lenz dem Lande kommen;
Prophetisch sprach's die Seherin jüngst aus,
Daß unser Volk gelangt zu großem Heile!
Ein Kaiser wird erstehn, und Nord und Süd,
Sie reichen sich zum Bruderbund die Hände:
Dem ersten Fürsten werden neue folgen,
Und Burgen, Städte werden rasch erblühn.
Wo jetzt der Bauer kümmerlich sich nährt,
Dort wird dereinst an stolzen Ritterhöfen
Erklingen laut der Sänger frohe Weise,
Die unsres Volkes Vorzeit rühmend singen.
Und auf der Berge jetzt noch trägem Rücken,
Da ragen Burgen einst zum Himmel auf:
Zu Frankenland, in Sachsen, an der Mosel
Wird manches Schloß den Ruhm der Vorzeit künden.

Und haben wir dies alles froh errungen,
Dann reicht der heitre Süden uns die Hände,
Und deutscher Handel wird erstehn, beschützt
Durch seiner Fürsten weise Herrschermacht.
Manch edlen Kaufherrn sieht mein schauend Auge,
Der über alles Edle, Schöne, Gute
Die arbeitfrohen, müherprobten Hände
Gebreitet hält, der unsrer deutschen Kunst
Ein Schützer ist aus vollem, großen Herzen,
Der mit der alten deutschen Eigenart
Die Seinen die Begeisterung gelehrt
Für alles Schöne – und Barmherzigkeit,
Forterbend allen späteren Geschlechtern.

Phönizierin.

Ach, daß der Deutsche solche Tage sähe!
Was wünscht' ich mehr, als daß dem steten Ringen,
Dies Glück euch zu erkämpfen, würde Lohn.

Germane.

Das überlaß' den Göttern – nimmer sonnt
So friedvoll sich der Mensch in seinem Glücke,
Wenn ihm dies Glück ohn' sein Verdienst erblüht,
Als wenn er selbst durch harte Lebensarbeit
Die köstlichere Frucht sich selbst errungen:
Nur der kann fühlen, der selbst Kämpfer war,
Was dulden muß der minder Glückliche,
Dem nicht die Götter lohnen seine Müh'n.
Der aber schätzt des Wohlstands holde Gaben,
Der selbst im Lebenskampf sich durchgerungen,
Der wird die Armut schützen, wird der Kunst
Ein Schirmherr sein aus seines Herzens Tiefe,
Und wird mit freiem, weithinschau'ndem Geist
Verstehen seines deutschen Volkes Seele.

Phönizierin.

Und an dem Glück, das so beredt du schilderst,
Hat Teil die Waffe, die du kühnlich trägst:
Jetzt seh ich wohl, daß rauhen Krieges Nöte
Den Grund erst ebnen, drauf ihr hoffend baut.
Wie wird der Städter einst dem Ahnen danken,
Der mit des Eisens unbesiegter Kraft
Den Grund geschafft zu späterem Gedeihen.

Germane.

Und kommen wird die Zeit, wo dieses Eisen
Erfinderischem Geiste nutzbar wird,
Zu Friedenswerken ein unschätzbar Mittel,
Zerstreute Welten bindend im Verein.

Phönizierin.

So fürcht' ich, wird der Süd die Führung geben
Dem Nordlandsmanne in die kund'ge Hand,
Euch geht die Zukunftssonne strahlend auf,
Wenn unser Stern im Morgenrot verblichen.
Ihr werdet stehen als der Völker Erstes,
An Kriegsruhm und an Lebensweisheit reich,
Und in der Fremden Land wird einst getragen
Aus euren Schiffen eurer Hände Fleiß.
Nicht mehr des Schwertes eisenharter Schneide,
Dem Geiste nur, dem freien, unterthan,
Wird euer Volksstamm sich zum Licht erheben
Und schützen selbst – das Selbsterrungene.

Germane.

Und weil der Enkel sich des Müh'ns bewußt,
Des Ahnen, der die Stätte ihm bereitet,
Drum eben wird er dankbar froh genießen,
Was deutschen Arms und deutschen Schwertes Kraft
Für ihn, den glücklicheren Epigonen,
Errungen haben, wird das Erbe pflegen

Und ehren jede deutsche Waffenthat
Und jede Gunst, die seines Königs Willen
Dem Unterthanen huldvoll hat erwiesen;
Denn das ist deutschen Volkes Eigenart,
Daß Fürst und Volk sich eines Stammes fühlen
Und einer Heimaterde Wege wandeln.
Und wie der König seine Bürger ehrt,
Ob sie mit Waffen in der Hand ihm dienen,
Ob Handel sie und Wandel ihres Landes
Mit emsig-klugem Geiste sinnig leiten –
So ehrt auch der vom Glück begünstigte
In deutschen Landen der Mitbürger Fleiß,
Denn was die Vorzeit unserm Volke brachte,
Das wird der Künstler bildnerisch verklären,
Mit frohem Wagen manche schöne That
Des Ahnen im Gebilde überliefern
Dem Enkel, der den Ahn' und Künstler ehrt.

Phönizierin.

So wird der deutsche Handelsherr dereinst
Ein Muster deutscher Tugend, deutschen Fleißes
Und deutschen Wesens sein und mit der Hand,
Die deutschen Fleiß so herrlich hochgebracht,
Die dargebot'ne Rechte froh ergreifen
Des deutschen Kriegers, der – zum Schutze ihm
Und seines Ahnen-Erbteils – steht bereit,
Wenn alter Feinde Horden uns bedräun.

Germane.

Und so wie jetzt ich deine Hände fasse,
Soll einst, wenn nach viel Tausenden von Jahren
Ein neuer deutscher Aar zur Sonne steigt,
Vereint dastehen deutscher Hände Fleiß
Und deutschen Schwertes Kraft.

Phönizierin.

So soll es sein!
Der Eintracht Göttin schwebe diesem Bunde,
Ein holder Friedensengel, leuchtend vor.

Beide:

Und so mag erben sich vom Ahn' zum Enkel,
Wie deutscher Fleiß und deutsche Kraft sich einen!

Erich Kloß

Krieg und Frieden

(Für einen Herrn und eine Dame.)

Der Krieg.

(Eine kräftige, männliche Gestalt, rauh und finster, im kriegerischen Gewand, Rüstung, Helm und Schwelt, tritt ungestüm ein, schiebt einige im Weg stehende Hochzeitsgäste beiseite und kommt mit heftigen Schritten auf das junge Ehepaar zu.)

Respekt vor mir! Ich bin der Krieg!
Führ' über alle Menschen Sieg!
Mein Wohnsitz ist ein Feuersaal,
Groß ist stets meine Dienerzahl,
Rachsucht und Trotz, Uneinigkeit,
Der Jähzorn, Mißgunst und der Neid.
Mein Trank ist purpurrotes Blut,
Ich bade mich in Thränenflut,
Nie lasse ich mein Opfer los,
Denn meine Herrschermacht ist groß!
Ich halt' gefangen jederzeit –

Der Friede.

(Eine weiß gekleidete Mädchengestalt mit langwallendem Haar, einen Kranz von Lilien auf dem Haupte, eine Palme in der Hand, tritt vor und drängt den Krieg beiseite.)

Du wagst es, alter Kriegsgesell',
Die frohe Hochzeitsfestlichkeit
Zu unterbrechen auf der Stell'?
Mit deiner Rede rauhem Klang
Zu stören hier den Lustgesang?
O schäm' dich, Alter, deiner Macht!

Der Krieg (zieht sein Schwert, zornig).

Hinweg, du Lichtgestalt, gieb acht,
Und hüte dich vor meinem Schwert.

(Er dringt mit dem Schwert auf den Frieden ein.)

Der Friede (berührt ihn mit der Palme).

Der Krieg (weicht finster zurück).

Der Friede.

Nichts ist dir heilig, nichts dir wert,
Du Angst und Schrecken, weit und breit,
Du bringst nur Sorgen, Kummer, Leid,
Du Bösewicht ohn' Herz und Seel',
Du wilder, grausamer Gesell'!
Du drängst dich rauh und finster ein,
Wo herrschen Lust und Liebesschein,
Wo froher Sang und Blumenpracht,
Wo Friedensengel halten Wacht.
Hier ist mein Heim, hier ist mein Reich,
Auf, alter Kriegsmann, fort mit euch!
Wo Friede hoch sein Banner hält,
Ist es mit Kriegslust schlecht bestellt;
Drum geh nach Hause, Bösewicht.

Der Krieg (düster).

Ihr könnt mich daran hindern nicht.
Ich habe meinen Willen frei,
Mein Lieblingsdiener: Tyrannei,
Er sandte mich an diesen Ort.

Ich wank' und weich' nicht eher fort,
Als bis das junge Paar dort mein!
Bis ich gepflanzt in seine Brust
Herrschsucht und kriegerische Lust.
Bis ich gewonnen alle beid'
Für Trotz und Unverträglichkeit.

(Er will sich dem Ehepaar nähern.)

Der Friede (verstellt ihm den Weg).

Dies Paar ist mein, bleibt ewig mein,
Stets möge lichter Friedensschein
Umwehn sein gottgesegnet' Haupt.
Weh euch, wenn ihr den Frieden raubt,
Weh euch, wenn eure Dienerschar
Verderben will mein trautes Paar.
Jetzt birgt sein Herz das reinste Glück,
Jetzt strahlt voll Friede beider Blick.
Hinweg, du grausamer Gesell',
Aus meinem Auge, fort zur Stell'!

(Sie will ihn fortdrängen.)

Der Krieg (stampft trotzig mit dem Fuß).

Der Friede (kniet nieder und faltet die Hände).

O güt'ger Gott in lichten Höhn,
Hör meiner heißen Wünsche Flehn.
O schütz' das traute, liebe Paar,
Daß es dem Frieden Jahr für Jahr
Gar treu und fest ergeben ist,
Niemals des Himmels Huld vergißt;
Daß es sich neige nimmer hin
Des bösen Krieges wildem Sinn;
Daß es in Freuden, Lust und Schmerz
Den Blick stets wende himmelwärts.

(Er steht auf und spricht zum Ehepaar.)

Der liebe Gott in lichten Höhn
Wird heute meinen Wunsch verstehn.
O strebt dem rechten Wege nach
In Lieb' und Milde Tag für Tag.

(Zum Krieg.)

Du hast nun nichts mehr hier zu thun,
Laß deine bösen Waffen ruhn.
Jetzt auf der Stelle fort mit euch,
Hinweg aus meinem Friedensreich!
Das traute Paar bleibt ewig mein,
Stets leucht' ihm lichter Friedensschein!

(Er schwingt die Palme über dem jungen Paar und geht, den finsteren Krieg vor sich herdrängend, ab.)

Elisabeth Sieber

Poesie und Prosa

Poesie.

Sei mir gegrüßt, du junges Paar,
In deines schönsten Festes Glanze!
Du holde Braut, des blondes Haar
Geschmückt mit grünem Myrtenkranze!
Du, den sie liebt, nun ihr Gemahl!
Wie durch die Nacht die Sterne flimmern,
So seh des Glückes hellen Strahl
Ich heut' aus eurem Auge schimmern.

Prosa (eintretend auf die Poesie zeigend).

Was ist denn das für ein Fräulein? Aha!
Die Frau Poesie ist schon vor mir da!
Und so geputzt in dem teuren Kleid?
Na, laß sie nur reden, ich hab' noch Zeit!

Poesie (fortfahrend).

So naht' ich gern von lichten Höhn,
Euch meine Gaben darzubringen;
Um eure Tage, reich und schön,
Der Freuden vollen Kranz zu schlingen.
O laßt an eurem jungen Herd
Als holde Priesterin mich walten,
Dann wird das Leben glanzverklärt
Sich wunderselig euch gestalten.
Ich laß' an eures Weges Rand
Der Dichtung Zauberblüten sprießen;
Es will euch freudig meine Hand
Mein ganzes weites Reich erschließen.
Es tragen euch vom Staub empor
Zum reinen Äther meine Schwingen,
Wo süß besel'gend eurem Ohr
Viel wunderbare Weisen klingen.

Prosa (vortretend).

Guten Abend dem Eh'paar! Ich will nicht stören,
Frau Prosa bin ich! Ihr kennt mich doch?
Und wollt ihr freundlich die Schwester hören,
So gönnt auch mir ein paar Worte noch.
Ich kann nicht viel schöne Reden machen
Von Blumen und Sternen und derlei Sachen;
Meine Meinung sag' ich bündig und klar,
Doch prüft nur, ob sie nicht recht und wahr.

(Auf die Poesie weisend.)

Was die euch verspricht, schön mag es klingen,
Doch schöne Worte sind leerer Schall;
Mag noch so herrlich ein Vogel singen,
Mehr schätz' ich das Huhn als die Nachtigall.
Ja, wollt ihr zu sehr der Schwester vertrauen,
So werdet ihr stets in die Wolken schauen
Und drüber verlieren hier unten den Steg,
Ich weis euch zu wahrem Glücke den Weg.

Helf ich als Freundin euch ordnen und walten,
Im jungen Hausstand nach alter Art,
So bleibt euch Glück und Wohlstand erhalten,
Wenn flink ihr geschafft, gesorgt und gespart.
Geht ihr unter meinem festen Geleite,
So steh' ich fördernd euch stets zur Seite;
Und folgt ihr meinem vernünftigen Rat,
Ist stets euer Lebensweg eben und grad.

Poesie (zur Prosa).

Gestrenge Schwester, laß doch mir
Die Kinder, die ich mir erkoren!
So jugendfroh die beiden hier,
Sie sind in meinem Reich geboren.
Du wirst veröden ihre Bahn,
Du machst ihr Haus zum freudeleeren,
Wenn sie nach deinem Rat gethan
Und meines Sonnenscheins entbehren.

Und doch, ihr Heim, wie licht und traut
Wird es, geweiht dem Dienst des Schönen,
Zum Tempel hehrer Kunst erbaut,
Durchweht von Sang und Klang und Tönen,
Voll Blumenduft und Melodie!
Wie gern erscheinen heit're Gäste!
Dann wird in schöner Harmonie
Ein jeder Tag zum frohen Feste.

Prosa (zum Ehepaar).

Doch eines euch rat' ich: Vergesset nicht
Bei all' den erhabenen Dingen
In Haus und Geschäft der ernsten Pflicht,
Sonst wird's euch nimmer gelingen!
Die Hausfrau sorge, daß Suppen und Braten
Zu des Mannes Freude ihr wohlgeraten;
Er soll in Amt und Geschäften kühn
Nach dem Besten streben und fleißig sich mühn.

Doch fänd' er versalzen sein Leibgericht,
Verbrannt und schmacklos den Mittagsbraten,
Und las' ihm die Hausfrau dafür ein Gedicht
Und spielt zum Ersatz ihn die schönsten Sonaten;
Befänden sich knopflos Manschetten und Kragen,
Sollt' gar er zerrissene Socken tragen:
Trotz Blumendüften und Melodie
Bekäm' einen Mißklang die Harmonie.

Poesie.

O das sei ferne, Schwesterlein!
Daß solche Dinge nicht geschehen,
So laß in friedlichem Verein
Uns beide denn mit ihnen gehen.
Du schaffst, daß in Geschäft und Haus
Sie Ordnung und Gedeihen haben;
Ich schmück' ihr Heim dann freundlich aus
Mit meinen schönen Himmelsgaben.

Prosa.

So laß mich helfen der jungen Frau,
Daß sorglich sie walt' in Küch und Keller,
Daß fleißig nach allem selber sie schau
Und sparsam beachte den kleinsten Heller;
Dem Hausherrn, daß er im Kampfe des Lebens
Sich freue des Lohnes rüstigen Strebens;
Den beiden, daß sie mit treuem Fleiß
Erringen des Lebens goldenen Preis.

Poesie.

Ja, leih du ihnen weisen Rat
Und hilf des Hauses Wohlstand mehren;
Ich will zu segensreicher That
Sie deine Gaben brauchen lehren;
Daß auch des Hauses Herrscherin,
Der Kranken, der Verlass'nen, Armen

Mit zartem, frommen Frauensinn
Sich mild und gütig mög' erbarmen.

Wenn bei dem neuvermählten Paar
Wir beide wohnen treu zusammen,
So leuchten auf dem Hausaltar
Der Liebe reine Himmelsflammen,
Die wärmend und besel'gend glühn
In ihres Hauses Heiligtume,
Und, gottgesegnet, ewig blühn
Wird dann des Glückes seltne Blume!

Ada Linden

Drei Personen

Prolog und Epilog, Engelliese, Engelbert

Prolog.

Ich bin der Prolog und wollte nur sagen,
Es wird sich jetzt etwas Besondres zutragen;
Es werden nämlich zwei Engel erscheinen,
Doch ohne Flügel, sonst könnte man meinen,
Sie würden bald wieder von uns fliegen,
Und daran hätten wir kein Vergnügen;
Wir wollen die Engel bei uns behalten,
Sie sollen die Erde zum Himmel gestalten!
Das Eine ist ein weiblicher Engel,
Und trägt am Busen eine Rose am Stengel,
Und weil dieser Engel ist eine Dame,
Drum ist auch „Engelliese“ ihr Name!
Der andre Engel ist männlicher Art,
Doch ohne Schnauzbart und Backenbart;
Ihr habt gewiß schon von ihm gehört,
Sein schöner Name heißt „Engelbert“.
Schon hör’ ich sie kommen, drum muß ich gehen,
Und werde nur so von weitem zusehen.
Ihr andern aber, ich bitte euch sehr,
Lenkt eure Augen und Ohren her.
Und schaut die Engel und hört was sie sagen,
Und sollt’ es nicht einem jeden behagen,

So thut's mir leid, nicht trifft die Schuld mich,
Denn ein Engel hat seinen Kopf für sich!
Der Prolog ist fertig, der Prolog kann gehn!
Nun kommt, ihr Engel aus himmlischen Höhn!

(Er geht.)

Engelliese (kommt).

Vom schönen Himmel mußt' ich scheiden,
Vom schönen Himmel und seinen Freuden;
Auf diese Erde hin mußte ich eilen,
Und soll hier längere Zeit verweilen.
Na! wenn man den Himmel auch ungern verläßt,
So kann man doch auch, das glaube ich fest,
Auf dieser Erde recht fröhlich leben,
Man kann sich ja immer zum Himmel erheben.
Ich soll der Engel sein einer Braut,
Am Altar wurde sie heut' getraut;
Die soll ich durch dieses Leben geleiten
Und auf den Himmel sie vorbereiten.
Damit sie auch schon zu dieser Frist
Erfahre, wie's droben im Himmel ist,
Drum hab' ich vom Himmel ihr mit Bedacht
Zur Probe ein Stückchen mitgebracht.
Denn „Liebe" ist „Himmel"! Drum lernt man lieben,
Um sich für den Himmel einzuüben.
Doch meine Arbeit ist nicht gering;
Ein Menschenherz ist ein wunderlich Ding,
Bald ist es trotzig und bald verzagt,
Daß es bald jauchzet und bald klagt;
Bald ist's zu laut, und bald zu still,
Bald weiß es selber nicht, was es will!
Da ist's oft schwierig zu operieren,
Und alles zu gutem Ende zu führen;
Fast wird mir's angst, so ganz allein
Der Hüter einer Seele zu sein!

Doch frisch gewagt! Vielleicht find't sich
Auch hier und da wohl Hilfe für mich!
Doch sieh! täuscht mich das irdische Licht?
Ist das mein Bruder, mein Engelbert nicht?
Er ist's! Mein Bruder, was führt dich hierher?
Was ist dein Beginnen, was ist dein Begehr?
Was führt dich herab aus den himmlischen Höhn?
Es ist ja droben so schön, so schön!

Engelbert (ist herzugekommen).

Gegrüßt sei mir, Schwester, mit himmlischem Gruß!
Ein wichtiger Auftrag beeilt meinen Fuß!
Als Schutzengel bin ich hierher gesandt,
Behüten soll ich mit sorglicher Hand
Das Haupt einem jungen Ehemann,
Der heute die Gattin sich gewann,
Und soll ihn geleiten in Lust und Leid,
Und über ihn wachen in irdischer Zeit!
Die richtigen Wege soll ich ihm zeigen,
Und soll ihn führen auf himmlischen Steigen,
Damit er's schon hier auf Erden erblickt,
Wie selig der Himmel die Herzen beglückt;
Damit er schon hier auf Erden genießt
Die Ahnung davon, wie's im Himmel ist!
Ein schwieriges Amt, das bange mich macht!
Gern hätt' ich es glücklich zu Stande gebracht;
Doch soll es gelingen, so heißt's aufpassen,
Mit Menschenherzen ist nicht gut spaßen;
Oft sitzt ein böser Feind darin,
Der will sie verderben mit falschem Sinn,
Und will die Liebe aus ihnen vertreiben!
Wo soll da der Himmel im Herzen bleiben!
Wie soll da das Herz zum Himmel kommen,
Wenn aus ihm der Himmel der Liebe genommen? –
Doch fröhlich ans Werk mit redlichem Mut!

Der Anfang ist schwer – wird's Ende nur gut! –
Du aber, Schwester, was treibst denn du,
Sag' an, was führte denn dich herzu?

Engelliese.

Mein Bruder, das trifft ja herrlich zusammen,
Daß wir zu gleichem Zweck hierher kamen!
Dem Bräutigam sollst du Schutzengel werden,
Und sollst ihm bereiten den Himmel auf Erden;
Die Braut ist meinem Schutz übergeben,
Auf daß sie durchlebe ein köstliches Leben!
Gemeinsam laß' uns das Werk beginnen,
Daß wir ihre Herzen dem Himmel gewinnen!
Die Liebe soll ihre Herzen verbinden –
Die Liebe kann alles überwinden!

Engelbert.

Wohl, Schwester, so soll's beschlossen sein!
Wir schleichen in ihre Herzen uns ein,
Und wollen arbeiten leis und sacht
An diesen Herzen bei Tag und Nacht,
Und wollen ihnen ohne Aufhören
Die himmlische selige Liebe lehren!
Dann mag da kommen, was Gott will,
Die Liebe führt alles zum seligen Ziel!
Doch Schwester, noch eins; es wäre von Segen,
Wenn manches wir vorher uns überlegen,
Wie in so manchen einzelnen Fällen
Die Arbeit wir am besten anstellen.
Zum Beispiel, was meinst du, was da frommt,
Wenn der Mann gern spät nach Hause kommt?

Engelliese.

Je nun, da muß die Frau sich bestreben,
Daß draußen im wilden feindlichen Leben
Den Mann nichts Schöneres, Besseres bindet,
Als was er in ihren Armen findet!

Es muß ihn verlangend nach Hause ziehn,
Wo ihm die schönsten Freuden erblühn!
Doch sage mir du, mein Engelbert,
Man hat ja oft schon davon gehört,
Daß Frauen gern ein wenig schmollen,
Und schweigen, wenn sie reden sollen!

Engelbert.

Ja, liebes Kind, das ist sehr bedenklich!
Da muß der Mann denken, die Frau sei kränklich,
Und muß mit Weisheit sie behandeln,
Den schmollenden Sinn ihr umzuwandeln.
Er muß ihr sanft ins Auge blicken,
Und muß ans Herz sie innig drücken,
Und muß mit Küssen, zärtlich süßen,
Den stummen Mund ihr sacht aufschließen.
Sagt erst die Lippe „ja“ im Kuß,
Dann schwindet Schweigen und Verdruß,
Dann lächelt wieder der schmollende Mund,
Die kränkliche Frau ist wieder gesund! –
Wie aber, Schwester, wenn der Mann
Das Zanken und Tadeln nicht lassen kann?

Engelliese.

Dann muß die Frau recht über sich wachen,
Und suchen, es immer besser zu machen;
Dann kommt's auch, daß der Mann sich besinnt,
Und die Frau nur desto lieber gewinnt!
Wie aber, mein Lieber, wird sich's gestalten,
Wenn die Frau will immer recht behalten?

Engelbert.

Dann muß der Mann behutsam verfahren,
Und muß ihr mit Sanftmut offenbaren,
Daß er der Herr sei, der's Haus regiert,
Wie's ihm von Gott und Rechtswegen gebührt!

Engelliese.

Wenn er der Herr ist – wird oft geklagt
Von Frauen – dann sind wir wohl die Magd?

Engelbert.

Nein, so ist's nicht; er ist wohl der Herr,
Doch ist die Frau noch weit herrlicher,
Wenn sie in Liebe gehorsam ist,
Und gern ihr eigenes Ich vergißt!

Engelliese.

Ja, lieber Bruder, „nur Liebe genug!"
Das ist für die Ehe der weiseste Spruch!
Das macht die Ehe zum Paradies,
Und macht auch die bittern Stunden süß!
Die Liebe macht alle Lasten leicht,
Und macht, daß der Unmut vom Herzen weicht,
Und daß der Feind aus dem Herzen flieht,
Und daß der Friede ins Herz einzieht!
Nur Liebe genug, bei beiden gleich,
Das ist der Anfang vom Himmelreich!

Engelbert.

Ja, holde Schwester, nur Liebe ist Lust,
Nur Liebe ist Wonne für jede Brust!
Drum ist's ja droben im Himmel so schön,
Weil dort nur lauter Liebe zu sehn!
Doch Schwester, nun laß' uns ohne Verweilen
Zu unsern Schutzbefohlenen eilen!
Wir werden gewiß ganz leicht sie finden,
Die schöne Myrte wird sie uns künden!
Nun frisch ans Werk, auf unsern Posten!

Engelliese.

Und ob sie Freuden, ob Leiden kosten,
Sie sollen zur ewigen Liebe bringen,

Beide.

Wir woll'n in den seligen Himmel sie bringen.

(Beide ab.)

Epilog (tritt hervor).

Erst war ich Prolog, jetzt bin ich's nicht mehr,
Jetzt komm' ich als Epilog daher!
So nehmt denn verlieb, wie ich es gemacht;
Ich hätte euch gern was Bess'res gebracht,
Wenn ich's nur hätte besser gekonnt!
Doch seid ihr's von mir ja schon gewohnt,
Und wißt schon, ist es auch geringe,
Gut ist's gemeint, was ich euch bringe!
Noch eines aber liegt mir im Sinn;
Drum wende ich mich zum Brautpaar hin,
Und bitte euch, wollt ihr glücklich sein –
So laßt die Engel stets bei euch ein,
Und laßt sie wohnen in Herz und Haus,
Dann führt euern Bund ihr herrlich hinaus!
„Nur liebe genug im Erdenlauf!"
Dann hört der Himmel euch nimmer auf!
„Das Herz der ewigen Liebe geweiht" –
Das ist der Himmel in Ewigkeit!

Hermann Heine

Grüne Myrte, Silbermyrte, Goldmyrte

(Für drei Damen.)

Grüne Myrte. (Weißes Gewand mit Myrte geschmückt.)

Ich grüß' dich, holde Braut im Festgewand,
Dich jugendfrohes Kind, mit hellem Blick,
Du reichtest am Altar dem Mann die Hand,
Dem Manne, der dein höchstes Liebesglück.
Gott schütze dich in deiner Myrtenkrone,
Dich und den Trauten, den dein Herz erkor'.

Gott segne dich vom hohen Himmelsthrone,
Er öffne dir des Erdenglückes Thor,
Damit du einstens schau'st voll Lust und Freud'
Auf deine lenzesgrüne Myrtenzeit.

Silbermyrte. (Weißes Gewand mit Silberblüten geschmückt.)

Laß mich ein anmutsvolles Zukunftsbild
Vorzaubern dir, du teure Myrtenbraut.
Wie schön ist's, wenn du deine Pflicht erfüllt,
Wenn du mit deinem Gatten, lieb und traut,
Gewandelt bist auf gottgefäll'gen Wegen.
Dann senkt der güt'ge Gott in deine Brust
Zum Lohn dir gnadenreichen Himmelssegen,
Von neuem Kraft und frische Jugendlust.
Dann leuchtet, liebe Braut, dein Myrtenkranz
Dereinstens dir im reinsten Silberglanz.

Goldmyrte. (Weißes Gewand mit Goldblüten geschmückt.)

Verschleiert ist die Zukunft, rätselhaft
Liegt sie, du liebes Paar, vor deinem Blick,
Die größte Kunst, die höchste Wissenschaft,
Kann nie vorausschau'n Unheil oder Glück.
Mich aber hat die Zukunftsgöttin heute
Zum trauten Paar in Gnaden hergesandt,
Damit ich beiden alle Rätsel deute,
Damit den Schleier lüfte meine Hand.
Es leuchtet hinter nebelgrauem Thor,
Glück auf! ein goldner Myrtenblütenflor.

Grüne Myrte.

O hört die gnadenreiche Freudenkunde!

(Sie öffnet den losen Strauß in der Hand und streut die grüne Myrte zu Füßen des jungen Paares aus.)

Silbermyrte.

O preist die heut'ge, schöne Weihestunde!

(Sie streut Silberblüten.)

Goldmyrte.

Beginnet nun den neuen Lebenslauf
Und schreitet hoffnungsfroh die Bahn hinauf.

(Sie streut Goldblüten.)

Elisabeth Sieber

Glaube, Liebe, Hoffnung

(Der Glaube im weißen Kleide mit einer Lilie oder Palme, die Liebe rot mit Rosen, die Hoffnung grün mit Immergrün.)

Liebe.

Wir fanden offen euer gastlich Haus,
Viel Gäste, sahn wir, gingen ein und aus;
Bei frohen Festen aber sind wir gern,
Und wenn wir auch dem Eigendünkel fern,
Wir wissen doch, man ruft uns gern herbei,
Damit das Fest ein rechtes Fest erst sei.
Drum: Glaube, Liebe, Hoffnung im Verein,
Sie treten, holdes Eh'paar, bei euch ein.
Wir sind gewißlich oft von euch genannt,
Als schöner Dreiklang allen wohlbekannt,
Ich, Liebe, soll die größeste doch sein,
Drum führe ich die Schwestern bei euch ein!

Glaube.

Ich, die Erste, nehme nun das Wort,
Bin ich doch des Eh'stands Fels und Hort!
Ohne festen Glauben, ohne Treu
Wird das Glück verweht wie leichte Spreu.
Was ihr glauben sollt, ihr wißt es nicht,
Euch dies klar zu sagen, ist mir Pflicht.

Glauben soll vom Weibchen stets der Mann,
Daß es nie ein schönres geben kann.
Daß am besten sie ihn pflegt und nährt,
Daß, in allen Tugenden bewährt,
Sie nicht völlig, wenn nicht ganz und gar,
Doch ein halber Engel sei. Fürwahr!

So des Mannes Pflicht; sein Weibchen denkt:
Gott sei dank, der mir den Mann geschenkt.
Ja, sie glaubt und schwört drauf Stein und Bein,
Der vortrefflichste muß dieser sein.
Geistreich ist er, witzig, fein und klug,
Ohne Hinterlist und Fehl und Trug.
Mit und ohne Bart, das wiegt nicht schwer:
Keiner, keiner liebt so treu wie er!

Liebe.

Lange war ich euch bekannt und treu,
Nah' ich heut' euch auch als Nummer zwei;
Denn mein Walten habt ihr längst gespürt,
Hab' ich doch zusammen euch geführt.
Sollt' gesegnet bleiben der Verein,
Mußt im Bunde ich die dritte sein.
Darum ehret mich zu jeder Zeit,
Bleibt mir treu in Arbeit, Freud und Leid,
Ladet mich zu Tisch, und Tag wie Nacht,
Sei ich eures neuen Glückes Wacht.
Wenn der liebe Mann euch einmal murrt,
Wenn er poltert, wenn er zankt und knurrt,
Streichle ihm sein Weibchen sanft und zart
Liebevoll den rauhen Stachelbart.

Wenn das Frauchen einst das Wort ergreift,
Wenn der Engel belfert, schilt und keift,
Wenn im Eifer selbst der Herr der Welt
Auf die Wange einen Klaps erhält:

Reicht der Mann, der stets der beste war,
Ohne Groll die andre Wange dar.
Treuer Liebe Pflicht hab' ich gelehrt,
Sei die dritte Schwester nun gehört.

Hoffnung.

Bescheiden steh' ich als die letzte hier,
Doch gönnt ein Wort zu sprechen nun auch mir;
Die Schwestern fordern und versprechen viel,
Doch treu bleib' ich bis zu dem fernsten Ziel.
Ich bringe Kühlung, brennt die Sonne heiß,
Und meine Hand zeigt euch des Strebens Preis.
Ich trage mit euch jede schwere Last,
Mit Blüten schmücke ich den dürren Ast;
Ich bin euch nahe, wenn ihr sorgend wacht,
Zeig' euch der Sterne Heer bei finstrer Nacht;
Wenn Glaube dann und Liebe mit euch gehn,
So laßt die Hoffnung nicht am Wege stehn;
Nein, nehmt sie mit im festlichen Verein,
Dann merkt, die letzte wird die treuste sein;
Was sie verspricht, verrät die Hoffnung nicht,
Denn schweigen ist zuförderst ihre Pflicht.
Gern hätt' ich, wie die Schwestern, euch belehrt,
Drum sei ein guter Rat von mir gehört:
Am rechten Ort, und stets zur rechten Zeit,
Lernt schweigen, das verbürgt euch Einigkeit;
Und da, wo Einigkeit, herrscht Fried und Glück,
Daß Beste zeigend, zieh' ich mich zurück!

Glaube.

Wo Glück und Frieden wohnt, bin ich zu Haus,
Heut' gehe ich, doch weist mich nie hinaus.

Liebe.

Wo Glück und Frieden wohnt, zog längst ich ein,
Laß' Rosen blühn und weck' den Sonnenschein.

Hoffnung.

Die Schwester reicht die Rosen euch zum Kranz,
Ich zeige euch des Abendhimmels Glanz;
Doch ob mein Wort für heut' ein Abschied sei,
Wir bleiben euch, o bleibt auch ihr uns treu.

Henriette Köhler

Er ist mondsüchtig!

Scherzspiel in einem Aufzug

von

Carl Tellheim

Bühneneinrichtung mir der vollständigen
Regiebearbeitung.
Regie- und Soufflierbuch.

Personen:

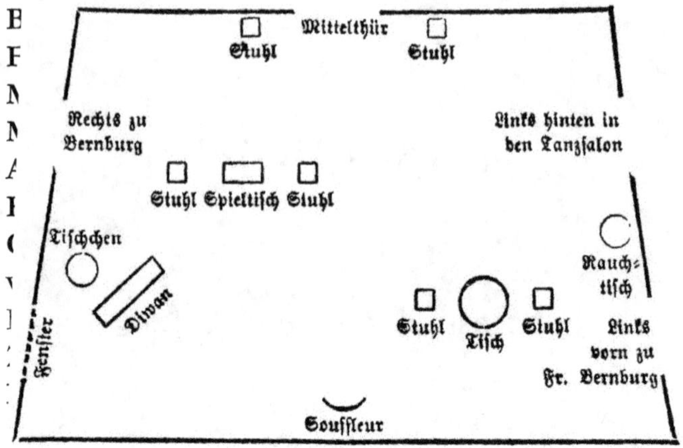

Ort der Handlung: Zimmer bei Bernburg

Zeit: Die Gegenwart.

Rechts und links vom Darsteller

Geräumiges Zimmer bei Bernburg nach dem vorstehenden Dekorationsplan

Mitteltür. Die Seitentür rechts führt zu Herrn Bernburg; rechts vorn ein Fenster. Die Seitentür links hinten führt nach dem Tanzsalon; links vorn zu Frau Bernburg. Etwas gegen den Hintergrund rechts zu steht ein kleiner Spieltisch mit Lampe, Karten u.s.w.; rechts vorn ein Diwan mit einem kleinen runden Tischchen. Lampen auf den Tischen. Auf dem Rauchtischchen links an der Wand ein Leuchter mit brennendem Licht. Vorhänge und Gardinen am Fenster, Portieren an den Türen, Tischdecken, Blumen, Teppiche. Es ist am Abend nach der Hochzeit, alle sind in Festkleidung. Den sich Verabschiedenden reicht stets Dominik, nachdem er durch die offene Mitteltür nach rechts gegangen, um die Überkleider zu besorgen, ihre Mäntel, Tücher u.s.w. Das Klavierspiel schweigt zuweilen. In den Dekorationsplan sind nur die zur Handlung nötigen Möbel eingezeichnet; die sonstige Ausstattung bleibt unbenommen. Rechts und links vom Darsteller.

Erster Auftritt

Onkel Fritz am Spieltisch rechts, zwischen den beiden Hochzeitsgästen beim Kartenspiel. Aus dem Salon ist diskretes Klavierspiel zum Tanz hörbar.

Erster Hochzeitsgast *(zu Onkel Fritz)*. Aber jetzt geben Sie gar Carreau zu? – Herz ist ja gespielt worden.

Onkel Fritz *(der schon vorher Versuche gemacht, die Lampe zu regulieren)*. Daran ist diese eklige Beleuchtung schuld. – Hier Herz! *(Er spielt weiter und hustet.)*

Zweiter Auftritt

Die Vorigen. Martha am Arme Karls von links hinten aus dem Salon.

Karl *(vorkommend)*. Du bist gewiß auch schon recht müde, liebe Martha.

Martha *(zu seiner Linken)*. O nein, Karl, ich habe mich noch nicht satt getanzt.

Karl. Aber ich dächte doch, Märthchen – *(Er sieht nach den Spielenden und fährt dann leise fort)* Wie wäre es, wenn wir jetzt die gute Gelegenheit erfaßten und uns davon machten?

Martha. Aber Karl –

Karl. Martha, es ist ja schon über 1 Uhr.

Martha. Nein, Karl, das verlange nicht von mir.

Karl. Martha!

Martha. Was würde meine Mama dazu sagen, wenn ich das Haus heimlich verließe.

Karl. Aber so hatten wir es doch miteinander besprochen.

Martha. Ja, aber nun fühle ich erst das Unschickliche deines Vorschlags.

Karl. Unschickliche?

Martha *(leise).* Still! Der Papa kommt!

Karl und Martha wenden sich nach hinten, lassen Bernburg und Carnicky an sich vorüber und gehen nach links in den Salon ab.

Dritter Auftritt

Die Vorigen ohne Karl und Martha. Bernburg im leisen, eifrigen Gespräch mit Carnicky, Frau Bernburg, die aufmerksam auf das Gespräch horcht, Dominik von links hinten aus dem Salon.

Stellung.

□ Fritz		* Dominik	
□ Erster Gast	□ Zweiter Gast		
		* Bernburg	
	* Carnicky		* Frau Bernburg

Erster Gast *(zum Onkel).* Aber nun werfen Sie eine Treff auf die Piquedame, da soll der Kuckuck mit Ihnen spielen.

Onkel Fritz *(hustet).* Ich sagte es ja, diese verflixte Lampe ist schuld. Erlauben Sie einmal. *(Er hebt die Glaskugel ab und giebt dieselbe dem ersten Gaste in die Hand, welcher dieselbe der Hitze wegen aus einer Hand in die andere wirft; hierauf reicht Onkel Fritz dem zweiten Gast das Lampenglas, welches er mittelst seines Taschentuchs aufhob und welches der zweite Gast mit einem Aufschrei zu Boden fallen läßt.)*

Zweiter Gast. O! O! Aber –

Onkel Fritz. Thut nichts – Scherben bedeuten Glück.

Erster Gast. Nein, nun habe ich grade genug! *(Er sieht auf die Uhr.)* Es ist übrigens schon Zeit zum Aufbruch.

Zweiter Gast. Jawohl – es ist Zeit!

Die beiden Gäste *(erheben sich und nachdem ihnen Dominik die Kleider reichte)*: Gute Nacht, Herr Bernburg! Gute Nacht, allerseits! *(Sie gehen durch die Mitte ab.)*

Herr und Frau Bernburg. Gute Nacht! Gute Nacht!

Onkel Fritz *(ist indes vorgekommen, nachdem er die Lampe gänzlich abgedeckt hatte und von Dominik seinen Pelzrock umnahm).* Gute Nacht, liebe Kinder. *(Er stolpert über einen im Wege stehenden Stuhl.)* O, thut nichts! Thut nichts! *(Zu Bernburg.)* Gute Nacht, Bernburg!

Bernburg *(an Carnicky vorüber zu ihm tretend).* Hier! Hier bin ich lieber Onkel! – Das ist Herr von Carnicky, ein berühmter Chemiker. *(Vorstellend.)* Mein Onkel – einfach Onkel Fritz genannt – bald ein Achtziger!

Onkel Fritz *(hustend).* Aber noch immer frisch und munter.

Carnicky. Freut mich sehr.

Frau Bernburg *(geht hinter Carnicky und Bernburg weg und tritt Onkel Fritz zur rechten).*

Onkel Fritz. Gute Nacht, Kinder! Bestellt noch alles Schöne an Martha und den Herrn Schwiegersohn.

Frau Bernburg. Gewiß! Gewiß – ich will sie hereinrufen.

Onkel Fritz. I, behüte! – Laß sie nur beim Tanze. Gute Nacht!

Bernburg und Carnicky. Gute Nacht!

Frau Bernburg *(Onkel Fritz geleitend).* Dominik, hilf dem Onkel Fritz die Treppe hinab.

Onkel Fritz *(im Abgehen).* Nicht nötig! Nicht nötig! Noch immer frisch und munter! *(Er geht hustend durch die Mitte ab.)*

(Das Klavierspiel endet.)

Vierter Auftritt

Frau Bernburg nimmt rechts vorn auf dem Diwan Platz. Bernburg und Carnicky stehen links vorn. Dominik im Hintergrund.

CARNICKY *(hat schon vorher Papiere aus der Tasche gezogen und macht Bernburg auf diverse Notirungen aufmerksam).*

Sie verstehen, Verehrtester, die Schwierigkeit bestand darin, eine Mischung zusammenzustellen und zu komprimieren, die das genügende Quantum von Eiweiß, Fett, Stärkemehl, Salz und Zucker enthält und welche den Nährwert einer kompletten Mahlzeit bilden soll, um dem armen Manne in ausreichender Dosis und zu spottspieligem Preise gleichsam das Extrakt eines glänzenden Diners zuzuführen, das ihm sonst unerschwinglich wäre. Begreifen Sie?

BERNBURG. Nicht ganz.

CARNICKY. Wenn ich mich auf der Straße befinde und einen prüfenden Blick auf die Physiognomie und die Leibesbeschaffenheit der mir begegnenden Individuen werfe, welch' ein reiches Feld des Studiums! Den meisten Menschen lesen Sie die irrationelle Ernährung vom Gesichte. „Das nervöse Zeitalter" wird das unsrige genannt. „Das Hungerleider-Zeitalter" wäre die richtigere Bezeichnung. Natürlich, sie stopfen sich ihr Leben hindurch den Magen mit Bratkartoffel voll und decken das Defizit zwischen Krafteinnahme und Verbrauch mit Bier oder Fusel. Was ist das Minimum dessen, was das Individuum zur Fristung seines Daseins braucht! Wissen Sie es?

BERNBURG. Nein!

CARNICKY *(nimmt mit Bernburg am Seitentisch links Platz).* Sie wissen es nicht? Lassen Sie's gut sein, ich weiß es auch nicht. Das ist es ja! die Wissenschaft vom Nährwert jeder Speise, die wir unserem Magen zuführen, müßte eine populäre sein.

Der Schulknabe, der sein Butterbrot zwischen einem Kapitel des Horaz und einer algebraischen Gleichung verzehrt, müßte mit a plus b analysieren können, wie viele Gramm Stärkemehl, Eiweißstoff, Fettstoff u.s.w. in seinem Imbiß enthalten sind, ob auch die Stulle seiner Blutmenge genügenden Ersatz zuführt für die sein Gehirn absorbierende Thätigkeit. Mangelhafte Ernährung ist gleichbedeutend mit langsamem Verhungern. Das ist doch klar. Da war es denn meine Aufgabe, nach einer Mischung zu forschen, welche eine gedeihliche Nahrung für alle zu enthalten hätte.

Dominik *(der bisher aufmerksam zuhörte, für sich).* Ach, das ist ja alles Quatsch!

Bernburg. Und Sie haben gefunden?

Carnicky. Hier! *(Er zieht ein in Papier gewickeltes Caces aus der Tasche.)* Und nun bedenken Sie die Konsequenzen einer so billigen und rationellen Lebensweise. *(Zu Frau Bernburg.)* Vor allen Dingen können Sie Ihre Köchin zum Teufel jagen. Keine Küche mehr, keine Kochmaschine, meine Caces werden kalt genossen. Sie können aber auch Ihre Tasse Kaffee dazu trinken, wenn Sie schon an dieses nervenaufregende Getränk gewöhnt sind.

Bernburg. Kann ich auch meinen Schoppen dazu trinken?

Carnicky. In Gottes Namen. Aber notwendig ist es nicht. Wasser genügt. – Wenn Sie sich also mit mir verbinden, wird dieses Jahrhundert nicht zu Ende gehen, ohne daß man uns, die wir die Magenfrage auf so einfache Weise aus der Welt schafften, ein Standbild setzen wird mit der Aufschrift –

Dominik *(geht ab nach links in den Salon).* Alles Mumpitz!

Carnicky *(fortfahrend).* Den Rettern der Menschheit.

Bernburg. Dieses kleine Gebäck?

CARNICKY. Enthält die Lösung der Magenfrage: die Nahrung für alle.

BERNBURG. Und Sie haben Beweise für den Nährwert dieses unscheinbaren Gebäcks?

CARNICKY *(sich erhebend)*. Sehen Sie mich an – bitte! – Ich erfreute mich stets dieser Schlankheit. Aber ich bin gesund, bin kräftig, *(er faßt Bernburg so fest am Arme, daß dieser sich vor Schmerz krümmt)* und – ich ernähre mich schon seit acht Tagen ausschließlich von meiner Erfindung.

BERNBURG *(aufstehend)*. Von diesen Kuchen?

FRAU BERNBURG *(ebenso)*. Wäre es möglich? Sie genossen acht Tage lang weder Fleisch noch Brot?

BERNBURG. Noch Gemüse?

CARNICKY. Mein Ehrenwort darauf. Nichts als meine Universal-Caces, wie ich das Gebäck nenne. Morgens, mittags und abends ein Stück, und darauf ein Glas Wasser.

BERNBURG. Und das genügte?

CARNICKY. Wie Sie sehen.

FRAU BERNBURG. Und wie hoch stellt sich Ihnen diese Mahlzeit?

CARNICKY. Ja, da kommen wir auf einen andern wichtigen Punkt; so primitiv, wie ich die Fabrikation vorläufig betreiben kann, stellt sich jeder Caces noch auf ungefähr zehn Pfennig, was pro Tag und Person eine Ausgabe von dreißig Pfennig betrüge.

BERNBURG. Nur dreißig Pfennig?

CARNICKY. Würde mir aber das nötige Kapital zum Baue eines Laboratoriums zur Verfügung stehen, so garantiere ich Ihnen, dahin zu gelangen, jedes Individuum mit fünfzehn Pfennig pro Tag gedeihlich ernähren zu können.

Bernburg *(sich die Stirn wischend).* Das wäre allerdings eine großartige Entdeckung.

Carnicky. Das will ich meinen. Sie ist berufen, eine Umgestaltung aller bestehenden Verhältnisse hervorzurufen.

Bernburg. Und mit wie viel Kapital ließe sich ein solches Laboratorium errichten?

Carnicky. Fünfzehn bis zwanzigtausend Mark würden für den Anfang genügen – ist die Fabrik erst im Betrieb, so bin ich versichert, daß wir schon im ersten Jahre die Lieferungen für die Armee erhielten und damit allein wäre unser Glück gemacht.

Bernburg. Ja, welchen Beweis können Sie mir hierfür erbringen? Sie verzeihen – ich bin Kaufmann, nicht gewohnt, mich kopfüber in irgend ein Unternehmen zu stürzen –

Carnicky. Da giebt es eine einfache Erprobung.

Bernburg. Nun?

Carnicky. Welche größere Bestätigung gäbe es für meine Behauptung, als wenn Sie sich selbst von der Nährfähigkeit meines Caces überzeugten. Ihr eigener Magen kann Sie doch nicht täuschen?

Bernburg. Sie meinen, ich sollte – ?

Carnicky. Bei einem Unternehmen von so epochaler Bedeutung darf es Ihnen doch nicht darauf ankommen, sich durch acht, durch fünf, sagen wir durch drei Tage einer Kostprobe zu unterwerfen.

Bernburg *(zu seiner Frau, leise).* Was meinst du, Minchen?

Frau Bernburg *(ebenso).* Die Sache scheint mir wichtig genug zu sein.

Carnicky. Würde ich Ihnen eine solche Probe vorschlagen, wenn ich nicht im Vorhinein des Erfolges sicher wäre?

Frau Bernburg *(leise zu ihrem Manne).* Er hat recht.

Bernburg *(laut zu Carnicky).* Und Sie würden sich, wenn ich Sie recht verstanden habe, dazu verstehen, mit mir einen Associationsvertrag abzuschließen?

Carnicky. Der Ihnen die Hälfte des Reingewinnes für die Dauer von zehn Jahren zusichert.

Frau Bernburg *(leise zu ihrem Manne).* Das ist ja ein Glücksfall – mit fünfzehn bis zwanzigtausend Mark.

Bernburg. Ja, gesetzt, die Sache hätte wirklich gesunden Boden – wo soll ich die jetzt hernehmen? Morgen, habe ich mich verpflichtet, unserem Schwiegersohne eine Mitgift von 20000 Mark zu behändigen.

Frau Bernburg. Freilich, freilich!

Fünfter Auftritt

Die Vorigen. Martin und Anna Gruber, Karl, Martha, Dominik von links aus dem Salon.

Martin Gruber. Nun, so wollen wir auch wieder nach Hause fahren; es war ja recht schöne –

Dominik *(reicht dem Ehepaar Gruber die Überkleider).*

Stellung.

* *
Karl Martha

* *
Frau Gruber Gruber

* * *
Frau Bernburg Bernburg Carnicky

Frau Bernburg. Sie verlassen uns also schon, Herr Gruber?

Martin Gruber. Höchste Zeit! Wir alten Leute gehören früh ins Bett. Es rüsten sich alle zum Aufbruch. Wir waren schon fast allein im Saal.

Anna Gruber *(ihren Sohn umarmend).* Behüt dich Gott, Karl! *(Weinend.)* Und alles Glück mit euch, Kinder!

Martin Gruber. Laß sein, Alte! Hast heute schon genug geweint. Adjes, Herr Bernburg! Adjes, Frau Bernburg, Adjes, Kinder!

Anna Gruber *(weinend).* Wissen Sie, Frau Bernburg, er war immer ein so braver Junge – immer der beste in der Klasse.

Martin Gruber. Herr Jeses – fängst du jetzt damit an – komm doch, Alte. *(Er schleppt sie mit sich.)*

Anna Gruber. Es drückt mir das Herz ab!

Martin Gruber. Na! Na, na, na, na! Komm, Alte!

Martin und Anna Gruber *(gehen durch die Mitte ab).*

Bernburgs und Dominik *(geleiten sie hinaus).*

Sechster Auftritt

Carnicky links vorn in seine Papiere vertieft, Karl und Martha kommen nach rechts vor.

Martha. Warum hast du mir vorhin einen so zürnenden Blick zugeworfen?

Karl. Weil du mich nicht verstehen wolltest, als ich dir winkte, mir zu folgen.

Martha. Ich mußte doch erst von meinen Eltern Abschied nehmen.

Karl *(zornig).* Ich sehe nicht ein, weshalb du das so hinausziehst!

Martha. Ich bitte dich, sprich nicht in so aufgeregtem Ton mit mir.

Karl. Du bringst mich dahin, die Geduld zu verlieren!

Martha. Karl, du wirst unartig!

Karl. Und du zeigst dich mir von einer lächerlichen Seite.

Martha. Lächerlich? Nein, das ist zu viel!

Karl. Du hast recht, ich bin aufgeregt! Der Wein, der Tanz – *(Er faßt nach ihrer Hand.)*

Martha *(weinend).* Laß mich – du fängst frühzeitig an, mich zu tyrannisieren!

Karl *(bittend).* Marthchen!

Siebenter Auftritt

Die Vorigen. Bernburg und Frau kehren durch die Mitte zurück.

Frau Bernburg *(tritt zwischen Karl und Martha).* Martha, du bist hier – und drinnen wird gewalzt? Du hast ja verweinte Augen – was gab's denn?

Bernburg *(Martha zur Linken).* Sie brachten mein Kind zum Weinen?

Karl *(verlegen).* Nein, Herr Bernburg, ich wollte nur –

Bernburg. Das lassen Sie sich nur ja vergehen, mein armes Kind hart zu behandeln! Mein armes Marthchen! *(Er umarmt sie.)*

Martha. Nein, Papa – Karl hat keine Schuld. Die Schwiegermama rührte mich mit ihren Thränen.

Bernburg. Ach so! – Nun, geh nur, tanze dir die Traurigkeit vom Gemüt.

Martha geht mit Karl ab nach links hinten in den Salon.

Achter Auftritt

Die Vorigen ohne Martha und Karl.

FRAU BERNBURG *(ihnen nachsehend).* Siehst du, wie das traurig anfängt? Mir wollte diese Heirat nie recht in den Sinn.

BERNBURG. Ach – jetzt ist doch nicht der Moment, darüber zu diskutieren.

FRAU BERNBURG. Ich habe genug gewarnt!

BERNBURG *(zu Carnicky).* Sie verzeihen, daß ich Sie verlassen muss. – Ja, wäre mir Ihr Projekt eher vorgeschlagen worden.

FRAU BERNBURG. Noch vor einigen Tagen hätte man Sorge tragen können.

BERNBURG. Wie gesagt, ich muß morgen alles bare Geld, über welches ich verfügen kann, meinem Schwiegersohne aushändigen.

CARNICKY. Ja freilich! – Dann muß ich mich schon nach einem andern Associé umthun. *(Er steckt seine Papiere zu sich.)*

FRAU BERNBURG. Wie schade!

BERNBURG *(sinnt und seufzt auf).* Das erste Mal in meinem Leben, daß mir ein großes Unternehmen zufiele.

CARNICKY *(wendet sich zum Gehen).*

BERNBURG *(faßt ihn und nötigt ihn zum Bleiben).* Die ganze Sache handelt sich ja nur um eine Frist von drei Tagen!

CARNICKY. Natürlich, denn haben Sie sich von der Wirkung meiner Konsum-Caces überzeugt – so müßten Sie – verzeihen Sie mir den Ausdruck – sie müßten ein Narr sein, wenn Sie Ihr Bargeld nicht in das Unternehmen stecken wollten.

BERNBURG. Und das Wort, das ich meinem Schwiegersohne gab?

Carnicky. Was kann er Ihnen thun, wenn sie diese Auszahlung verzögerten?

Bernburg. Das geht nicht – nun er mein Kind zur Frau hat!

Carnicky. Was kann er Ihnen anhaben?

Bernburg. Er hätte das Recht, Scheidung zu beantragen.

Carnicky. Nun, gesetzt, es käme dahin, Ware es nicht vielleicht zehnmal klüger, Ihre Tochter für eine Standesheirat zu reservieren? Bedenken Sie, welche Stellung Sie als Mitunternehmer eines so neuen großartigen Industriezweiges einnehmen werden!

Bernburg. Mit was für Ideen kommen Sie mir am Hochzeitstage meines Kindes!

Carnicky. Warum haben Sie mich nicht eher zu sich geladen?

Bernburg. Weil ich Sie erst seit acht Tagen kenne.

Frau Bernburg. Ach, was haben wir versäumt!

Carnicky. Übrigens fügt sich Ihr Herr Schwiegersohn vielleicht geduldiger als Sie meinen.

Bernburg. Meine Tochter ohne Mitgift zu nehmen? – Er würde es sie entgelten lassen!

Carnicky. Darnach sieht er mir aus.

Frau Bernburg. Nicht wahr, er besitzt einen eigentümlichen Blick?

Carnicky. Einen unheimlichen Blick. Hören Sie, ich habe einmal einen Mann mit solch einem Blicke gekannt – es stellte sich heraus, daß er ein Nachtwandler gewesen.

Frau Bernburg. Ein Nachtwandler?

Carnicky. Wie ich Ihnen sage – er starb in einer Heilanstalt.

Herr und Frau Bernburg *(sehen sich erschrocken um).*

Carnicky. Also wozu entschließen Sie sich?

Bernburg *(der in großer Bewegung auf- und abgegangen).* Ich entschließe mich – Ihren Vorschlag anzunehmen.

Carnicky. Gut!

Bernburg. Nämlich, drei Tage hindurch mich ausschließlich von Ihren Caces zu ernähren; bin ich nach drei Tagen noch am Leben, so –

Carnicky *(ihm die Hand reichend).* Abgemacht?

Bernburg. Abgemacht!

Carnicky *(zählt seine Caces).* Hier Ihre Nahrung für drei Tage.

Bernburg. Sagen Sie, wie schmeckt dieses Zeug?

Carnicky. Sogar recht angenehm. *(Er bricht ein Stück ab und kaut es.)* Sehen Sie!

Bernburg *(versucht dasselbe und verzieht das Gesicht).*

Carnicky. Somit habe ich die Ehre, mich Ihnen zu empfehlen! *(Er nimmt die Mitte; zu Frau Bernburg.)* Gnädige Frau, erlauben Sie mir, Ihre Hand zu küssen.

Frau Bernburg. Sehr geschmeichelt von Ihrem Besuche, Herr von Carnicky.

Carnicky. Gute Nacht, meine Herrschaften. *(Er geht durch die Mitte ab.)*

Neunter Auftritt

Frau Bernburg, Bernburg zu ihrer Linken.

Frau Bernburg. Ein charmanter Mann!

Bernburg. Wenn sich seine Erfindung bewährt, ein Genie!

Frau Bernburg. Wer weiß, wie alles gekommen wäre, hätten wir ihn eher kennen gelernt.

Bernburg. Jetzt laß' nur mich machen, Minna; erstaune über nichts, erschrick über nichts – ich werde Zeit zu gewinnen suchen.

Frau Bernburg. Was hast du vor?

Bernburg. Das wirst du bald sehen. *(Er sinkt plötzlich links auf einen Stuhl.)* O! o! o! – Was ist das? Mein Kopf! Wasser! Wasser! Wasser!

Frau Bernburg. Um des Himmels willen, was hast du?

Bernburg. Luft! Luft! – Wasser! Ah! Ah!

Frau Bernburg *(rufend).* Martha! Kinder! Wasser! Wasser!

Zehnter Auftritt

Die Vorigen. Dominik durch die Mitte.
Karl, Martha von links aus dem Salon.

Martha *(zu seiner Linken).* Papa! Papa! Um Gottes willen, was ist dir?

Bernburg *(stöhnend).* Ach! ach! ach!

Frau Bernburg *(zu seiner Rechten).* Anselm – soll ich den Arzt rufen?

Bernburg. Nein, Minna, es wird hoffentlich bald besser werden.

Karl *(hinter Bernburgs Stuhl).* Natürlich, die Hitze, der Wein –

Frau Bernburg *(wirft ihm einen wütenden Blick zu).* Mein Mann ist kein Säufer.

Bernburg. Mein Magen! mein Magen!

Karl *(zupft Martha am Kleide und drängt sie ganz nach links vor).*

Martha *(leise).* Was willst du?

Karl *(leise).* Ich denke, wir gehen, Martha!

Martha. Wenn du darauf bestehst – *(Sie will nach hinten gehen.)*

Bernburg *(ruft).* Marthchen, mein Kind – !

Martha. Hier bin ich, Papa! *(Sie nimmt ihre frühere Stelle wieder ein.)*

Karl *(ebenso).*

Bernburg *(faßt ihre Hand).* Leg deine Hand auf meine Stirn.

Martha *(tut es).*

Bernburg. Ach, das thut wohl.

Martha. Mein armer Papa!

Bernburg. Mein Kopf brennt!

Frau Bernburg. Dominik, bringe einen Eiskühler.

Dominik. Mit Wein?

Frau Bernburg. Dummkopf! Eis und einige Servietten.

Dominik. Sogleich. *(Er geht durch die Mitte ab, bringt sofort das verlangte und stellt es Frau Bernburg zur Hand.)*

Karl. Soll ich nicht zum Arzt laufen? *(Er setzt sich, da ihm nicht geantwortet wird, auf den Stuhl an der Mittelthür.)*

Bernburg. Nun geh, Marthchen! Es ist das Los der Väter, allein zu sterben. Geh' aus dem Hause der Trauer in jenes der Freude –

Martha. Nein, Papa, ich kann dich so nicht verlassen.

Karl *(dumpf)*. Ich will ja den Arzt holen.

Frau Bernburg *(legt einen Umschlag auf das Haupt Bernburgs)*. So, mein armer Anselm. – Wäre es nicht besser, du gingest zu Bette?

Bernburg. Du hast recht! *(Er thut, unterstützt von Martha und seiner Frau, einige Schritte und läßt sich wieder in den Stuhl sinken.)* Ach! es soll sich nur kein Typhus daraus entwickeln!

Karl *(steht auf)*. Ich will ja den Arzt holen.

Bernburg. Verzeihen Sie nur, lieber Schwiegersohn –

Karl. Bitte, verehrter Herr Bernburg –

Bernburg. Ach Marthchen, wie gut es von dir ist, daß du bei mir bleibst.

Karl. So will ich denn allein nach Hause gehen –

Bernburg. Lieber Schwiegersohn – der Morgen bricht bald an – Sie können ja auch hier übernachten – ich trete Ihnen meine Schlafstube ab –

Frau Bernburg. So? Und wo willst du denn in diesem Zustande die Nacht verbringen?

Bernburg *(nach rechts zeigend)*. Mir bereite auf diesem Diwan ein Bett; ein Polster und eine Decke genügen.

Karl. Ein solches Opfer kann ich von Ihnen nicht verlangen, und wenn Sie erlauben, da mich wirklich die Müdigkeit überwältigt, will ich die Nacht auf diesem Diwan verbringen.

Bernburg. Herzlich gern!

Frau Bernburg *(nach dem Diwan zeigend).* Dominik, bereite Herrn Gruber hier ein Lager.

Dominik *(geht durch die Mitte ab, bringt Bettzeug und bereitet dann auf dem Diwan das Lager.)*

Bernburg. So will ich mich jetzt zu Bette begeben. – Gute Nacht, Herr Gruber.

Karl. Gute Nacht, Schwiegerpapa, und hoffentlich baldige Besserung.

Bernburg *(geht, begleitet von Frau und Tochter nach rechts in sein Zimmer, nachdem er zuvor den Eisumschlag von seinem Kopf in den Eiskübel zurückgelegt hat).*

Elfter Auftritt

Dominik, Karl zu seiner Linken.

Dominik *(am Diwan).* Liegen Sie gern hoch oder niedrig?

Karl. Das ist mir gleich, laß mich zufrieden!

Dominik. Weshalb sind Sie denn so brummig? Es war ja ein ganz schönes Hochzeitsfest – und die feinen Weinchens! – So, ich habe Ihnen schon ein gutes Bett zurecht gemacht; sehen Sie, wie gut sich's darauf liegen läßt. *(Er legt sich darauf.)*

Karl. Mach, daß du fortkommst, du Lümmel!

Dominik. Hören Sie, Herr Gruber, Sie scheinen mich zu verachten, weil ich heute den Livreerock habe anlegen müssen, den ich beim Trödler leihen mußte, aber darum keine Geringschätzung nicht – morgen bin ich wiederum Lakai gewesen. *(Er geht nach hinten.)*

Zwölfter Auftritt

Die Vorigen. Frau Bernburg, Martha von rechts.

Frau Bernburg *(zurück sprechend).* Schlaf jetzt, mein Anselm, und wenn du meiner bedarfst, so klingle nur. – Komm Martha, gehen wir zu Bette! – Dominik, puste die Lichter aus. Gute Nacht, Herr Gruber! *(Sie wendet sich nach links vorn.)*

Karl *(trübselig).* Gute Nacht! Gute Nacht, Martha. *(Er faßt Marthas Hand und küßt sie.)*

Frau Bernburg. Kommst du, Martha?

Martha *(eilt zu ihr).* Da bin ich schon, Mamachen. *(Sie wendet sich und wirft Karl eine Kußhand zu.)*

Dominik *(verlischt die Lampen; es wird dunkler; nur das Licht auf dem Rauchtisch links brennt noch.)*

Frau Bernburg und Martha *(ab nach links vorn).*

Dominik *(ab durch die Mitte).*

Dreizehnter Auftritt

Karl allein.

Karl *(thut einige Schritte, stellt die brennende Kerze vom Rauchtischchen links auf das Tischchen am Diwan und setzt sich dann auf sein Lager zieht seinen Frack aus, legt ihn über einen Stuhl, dann sieht er auf seine Uhr).* Drei Uhr! – Na, die Nacht wird ja bald vorüber sein. *(Er zieht einen Stiefel ab.)* Hätte Martha mir gehorcht, wir wären schon lange zu Hause gewesen. *(Er zieht den anderen Stiefel ab.)* Sie sah übrigens reizend aus in dem dekolletierten Kleide – so jugendfrisch – so anmutig – *(Er gähnt.)* Ich werde schlafen wie ein Murmelthier! *(Er verlöscht das Licht. Es wird ganz dunkel. Er zieht die Decke über sich, man hört ihn bald schnarchen. Längere Pause.)*

Vierzehnter Auftritt

Karl. Bernburg erscheint von rechts mit einem Licht. Es wird heller. Dominik lauscht an der Mittelthür.

Bernburg *(im Schlafrock, Pantoffeln und einer Zipfelmütze, schleicht näher, überzeugt sich von Karls Schlafe; hierauf geht er an das Fenster rechts vorn, öffnet beide Flügel, legt einige Stühle um, schleicht dann an das Lager zurück, umfaßt Karl mit beiden Händen und schreit ihm aus Leibeskräften in die Ohren):* Gruber! Herr Gruber! Schwiegersohn!

Karl *(auffahrend).* Um Gottes willen! Was ist geschehen? Warum halten Sie mich umklammert, Herr Bernburg?

Bernburg. Armer, junger Mann, wissen Sie wirklich von gar nichts?

Fünfzehnter Auftritt

Die Vorigen. Frau Bernburg, Martha in Nachtgewändern mit Lichtern von links vorn. Dominik durch die Mitte, dicht an der Thür verweilend.

Frau Bernburg. Was giebt es, Anselm? Was geht hier vor? – Warum ist das Fenster geöffnet?

Bernburg. Pst! Ruhig! – Geht zu Bett!

Frau Bernburg. Aber –

Bernburg. Thu mir den Gefallen, Minna, und gehe zu Bette, ich habe mit Herrn Gruber zu reden.

Frau Bernburg. Ist dir nun wohler, Anselm?

Bernburg. Ja, ja, geh nur, morgen sollst du alles erfahren!

Frau Bernburg. Das ist ja eine fürchterliche Nacht!

Karl *(seufzend).* Ach ja!

Frau Bernburg und Martha *(gehen links vorn ab).*

Dominik *(schleicht durch die Mitte ab).*

Sechzehnter Auftritt

Karl auf seinem Lager sitzend. Bernburg bei ihm. Dominik in der Mittelthür lauschend.

Bernburg *(setzt sich an Karls Lager und betastet dessen Kopf).*

Karl *(ängstlich).* Aber, bester Herr Bernburg. Wollen Sie mir endlich erklären?

Bernburg. Sie haben also nicht die geringste Ahnung von Ihrer – Krankheit?

Karl. Von welcher Krankheit, Herr Bernburg?

Bernburg. Ich weiß nicht, wo ich den Mut hernehmen soll, es Ihnen mitzuteilen. – Armer junger Mann!

Karl. Ich bitte, ich beschwöre Sie, was wollen Sie damit sagen?

Bernburg. Erschrecken Sie nur nicht zu sehr über meine Mitteilung.

Karl. Reden Sie – Sie foltern mich ja geradezu!

Bernburg. Ich war eben im Begriff, die Augen zu schließen, als ich in diesem Zimmer Tritte vernahm, dann einen Fall, dann wieder einen. In größter Angst begebe ich mich hierher und sehe – o!

Karl. Sie sehen – o sprechen Sie es aus!

Bernburg. Sah, wie Sie über diese Stühle gestürzt waren, sich erhoben *(es ihm vornachend)*, langsamen Schrittes an das Fenster gingen, die beiden Flügel öffneten, das Fenstersims bestiegen und eben in den leeren Raum hinaussteigen wollten, als ich mich auf Sie stürzte, Sie bei einem Bein erfaßte, auf Ihr Lager trug und Sie zu sich brachte, in dem ich Ihnen Ihren Namen ins Ohr schrie.

Karl *(mit Entsetzen).* Wie? – Ich – ich wäre – ?

Bernburg. Mondsüchtig, mein armer Freund, das Wort ist heraus.

Dominik *(in der Mittelthüre).* Infame Lüge! *(Er verschwindet.)*

Beide *(sehen sich um).*

Bernburg. Der Wind! ich werde das Fenster schließen.

Karl. Nein, nein, Schwiegervater, das ist nicht möglich – Sie hatten ja vorhin das Fieber – Ihre Phantasie hat Ihnen diese Scene vorgespiegelt.

Bernburg. So? Und meine Phantasie hätte diese Stühle umgeworfen? Dieses Fenster geöffnet? *(Er schließt es.)*

Karl. Wäre es möglich – ich wäre ein Nachtwandler?

Bernburg. Armer junger Mann.

Karl *(sinkt auf sein Lager).* O mein Gott!

Bernburg. Trösten Sie sich, junger Mann, Ihr Zustand ist vielleicht noch heilbar.

Karl. Meinen Sie? Aber wenn es die Leute erführen – wenn Martha – ! O mein Gott!

Bernburg. Nur nicht den Kopf verloren. Weder Martha noch irgendwer braucht davon ein Wort zu erfahren. Nur müssen Sie vernünftig sein und meinen Anordnungen sich geduldig fügen.

Karl. Gern, gern, Herr Bernburg, wenn nur die Sache nicht ruchbar wird.

Bernburg. Ich werde Sie, unter Beobachtung der größten Diskretion, von einer ärztlichen Kapazität untersuchen lassen.

Karl. Ich bin dazu bereit, Herr Bernburg.

Bernburg. Selbstverständlich bleibt bis dahin meine Martha unter meinem Dache.

Karl. Aber, Herr Bernburg –!

Bernburg. Keine Aufregung, es handelt sich doch nur um einige Tage.

Karl. Einige Tage? Ich danke! Nein, Herr Bernburg, die Bedingung kann ich nicht annehmen.

Bernburg. Danach frage ich nicht lange – ich halte mein Kind bis auf weiteres bei mir.

Karl. Sie haben sie mir doch zur Frau gegeben.

Bernburg. Infolge eines Vertrauensmißbrauches; Sie haben mir verheimlicht, daß Sie des Nachts auf den Dächern herumklettern.

Karl. Das muß mir erst bewiesen werden.

Bernburg. So laden Sie sich nächstens eine Gesellschaft dazu ein.

Karl. Martha wird morgen mit mir gehen!

Bernburg. Das wollen wir noch abwarten. Wenn Sie so auftreten wollen, kommen Sie bei mir an den Unrechten. Was wollen Sie eigentlich? Weil Sie zehn Jahre hindurch in meinem Geschäfte dienten, sich treu, fleißig und ehrlich betragen haben und ich aus purer Gutmütigkeit Ihnen die Hand meiner Tochter zusagte –

Karl. Gab!

Bernburg. Unterbrechen Sie mich nicht! – Kommen Sie jetzt und wollen mir Vorschriften machen? Wollen mir vielleicht gar imponieren – oder halten Sie sich am Ende für einen Adonis, ohne den meine Tochter nicht leben kann, mit dem Gesichte? – Der Wein ist Ihnen wohl zu Kopfe gestiegen – Sie bedürfen der Abkühlung. Da! Da! *(Er faßt den Umschlag im Eiskübel.)* So – das legen Sie sich hübsch auf den Kopf und wenn Sie noch ein Wort reden, so rufe ich meine Frau, rufe Martha, erzähle ihnen alles. Ich will sehen, ob Ihnen meine Tochter dann folgen wird. – Nun, gute Nacht, mein Herr Karl Gruber *(er drückt ihn in die Kissen)* und hübsch ruhig liegen geblieben. So! So! *(Er geht nach rechts nach seinem Zimmer.)*

Karl *(erhebt sich und will ihm den Umschlag nachschleudern).*

Bernburg *(wendet sich um).* Nur ruhig geblieben. Pst! – Ganz ruhig *(Er will abgehen.)*

(Es wird an der Hausglocke gezogen.)

Bernburg. Was ist das? – Wer humpelt die Treppe herauf?

Siebenzehnter Auftritt

Die Vorigen. Onkel Fritz kommt atemlos durch die Mitte hereingestürzt und sinkt auf einen Stuhl am Tisch links; hinter ihm Dominik.

Später Frau Bernburg und Martha von links vorn.

Onkel Fritz. Unglaublich! Einen Stuhl – ich –

Bernburg. Was giebt es, lieber Onkel?

Onkel Fritz. Laß mich – zu – Atem – kommen!

Bernburg. Sie können ja später zu Atem kommen – was giebt es! Reden Sie, Onkel.

Frau Bernburg *(mit Martha von links vorn).* Ist denn heute die Hölle los?

Stellung.

* Dominik

* Bernburg   * Frau

* Karl   □ O □ Onkel Fritz

Onkel Fritz. Saubere Leute hast du dir heute zu Gaste geladen. Einen Kartenspieler, der eine Coeur nicht von einer Carreau zu unterscheiden weiß –

Frau Bernburg. Und um uns das zu sagen, sind Sie wiedergekommen?

Onkel Fritz. Und einen Menschen, den bisher niemand kannte, einen Herrn von Carnicky, den sie soeben wieder abgefaßt haben.

Frau Bernburg. Abgefaßt?

Bernburg. Den großen Erfinder – ?

Onkel Fritz. Haben ihn eben wieder ins Gefängnis zurückgebracht, aus dem er vor einigen Tagen entwichen ist.

Alle. O – unglaublich! fürchterlich!

Bernburg. Onkel, das ist nicht möglich.

Onkel Fritz. Wie ich vorhin aus dem Hause ging, traten zwei Herren auf mich zu, sahen mir erst scharf ins Gesicht, dann fragten sie mich, ob wohl ein Herr von Carnicky noch hier oben sich befände? Ich bejahte und fragte, was sie von ihm wünschten – die beiden schwiegen. Das machte mich neugierig; ich setzte mich in das Kaffeehaus hier gegenüber und beobachtete das Weitere. Ich hatte nicht lange zu warten. Herr von Carnicky erschien kaum vor dem Thore, als er sofort von den beiden Herren in einen bereitgehaltenen Wagen gebracht wurde und dann gings auf und davon. Ich bestieg eine Droschke erster Klasse, die glücklicherweise eben vorbeifuhr und jagte hinterdrein. Es war eine tolle Fahrt. Ich spüre sie in Armen und Beinen. Nach Moabit gings – das Gefängnisthor öffnete sich – ich wußte genug! Sofort ließ ich meinen Kutscher kehrt machen, um euch das Schreckliche mitzuteilen! – Schöne Bekanntschaften hast du! Uff! – Ich bin außer Atem.

Frau Bernburg. Ich zittere an allen Gliedern! – Mann! Anselm! Uns so etwas anzuthun.

Martha *(hinter den Anwesenden weg, Karl zur rechtend tretend).*

Bernburg. Ich lernte ihn im Café Bauer kennen – sein zuvorkommendes Benehmen, seine feinen Manieren – kurz ich schätzte es mir zur großen Ehre, seine Bekanntschaft gemacht zu haben. *(Plötzlich auf Karl losgehend)* Schwiegersohn, teurer Schwiegersohn – wenn Sie wüßten –

Frau Bernburg *(leise zu ihm).* Blamiere dich doch nicht noch mehr!

Bernburg *(nimmt Karl beiseite).* Ich glaube, Sie haben recht – ich selbst werde wohl der Nachtwandler gewesen sein! Aber verraten Sie es niemanden.

Dominik *(der zugehorcht, tritt zwischen beide, leise).* Freilich waren Sie's – ich sah ja, wie Sie die Stühle umlegten!

Alle drei *(legen die Finger auf den Mund).* St!

Bernburg *(leise zu Dominik).* Da hast du ein Zehnmarkstück. *(Beiseite.)* Morgen kriegt er seine Entlassung.

Dominik *(geht nach hinten).*

Martha *(tritt Karl zur Linken).*

Onkel Fritz *(sich erhebend).* Nun ist's aber Zeit, daß ich zu Bette gehe –

Bernburg. Das denke ich auch.

Onkel Fritz. Ich habe meinen Wagen unten.

Karl. Nun, dann nehmen Sie mich mit sich – Onkel Fritz und morgen –

Bernburg. Holen Sie sich in Gottes Namen Ihre Frau.

Karl *(küßt Martha).* Gute Nacht! *(Er geht durch die Mitte ab.)*

Alle. Gute Nacht!

(Der Vorhang fällt.)

www.ingramcontent.com/pod-product-compliance
Lightning Source LLC
Chambersburg PA
CBHW060611310726
48982CB00003B/517

* 9 7 8 3 9 5 8 0 1 0 4 9 9 *